KB012483

누가 뭐래도 누가 뭐래도 이상해

그동욱

19

구운몽
누가 꿈이며 누가 꿈이 아니냐

전국국어교사모임 기획 · 진경환 글 · 이수진 그림

Humanist

'국어시간에 고전읽기' 시리즈를 펴내며

고전을 읽어야 한다는 가르침은 어릴 때부터 귀가 따가울 만큼 들었다. 그러나 몸소 이를 따르는 사람은 흔치 않다. 종종 고전을 가까이하는 사람들이 있는데 이들은 대체로 삶을 헛되이 보내지 않고 훌륭한 일을 이루어 세상에 뚜렷한 이름을 남겼다. 고전 안에 그만큼 값진 속살이 들어 있기 때문이다.

고전이 이처럼 깊은 가치를 지녔는데 어째서 고전을 읽는 사람은 흔치 않을까? 아마도 고전이 사람을 쉽게 끌어당겨 주지 않기 때문일 것이다. 고전은 우리에게 섣불리 손짓을 하지도, 눈웃음을 치지도 않는다. 고전은 끈기를 가지고 파고들어 오는 사람에게만 마지못한 듯이 웃음을 지으며 속내를 털어놓는다. 고전은 요즘보다 훨씬 무뚝뚝하던 옛날에 이루어진 삶이며 글이기 때문이다.

그래서 우리는 청소년들이 고전을 즐겨 읽을 수 있도록 마음을 다했다. 뻣뻣하고 까칠한 고전을 달래서, 부드럽고 친절하게 청소년을 끌어당기도록 손을 쓰고 공을 들였다. 멋없이 무뚝뚝하던 고전을 정성껏 매만져서 두 팔을 활짝 벌리고 청소년들을 끌어안을 수 있도록 탈바꿈했다.

고전은 이제 온전히 겉모습을 바꾸어 청소년들을 맞이할 것이다. 자칫 속살까지 탈바꿈한 것처럼 보일지 몰라도 책을 읽다 보면 예스러운 고전의 맛과 멋을 한껏 느낄 수 있을 것이다. 우리는 무엇보다도 고전이 고전다운 속내와 뼈대를 온전하게 지니도록 하는 데 힘을 쏟았다.

고전은 시공간을 뛰어넘고, 나라와 겨레를 뛰어넘어 세상 모든 사람에게 큰 울림을 준다. 《시경》, 《탈무드》, 《오디세이아》, 셰익스피어와 괴테의 작품이 세상 모든 이에게 가르침을 주듯이, 우리의 고전도 모든 이에게 값진 가르침을 줄 것이다. 가르침이 서로 다르기는 하지만 높낮이가 있는 것은 아니다. 그러므로 세상 고전을 두루 읽어야 하는 것이나, 우리는 우리네 고전부터 읽는 것이 마땅한 차례다.

이런 뜻으로 전국국어교사모임에서 '국어시간에 고전읽기' 시리즈를 펴낸 지 십 년이 되었다. 누구나 두루 즐기며 읽을 수 있도록 쉽게 풀어 쓰고 맛깔나고 재미있는 작품으로 재창조하려고 무던히도 애썼다. 다행히도 많은 독자로부터 분에 넘치는 사랑을 받았고, 우리 고전을 가까이하고 즐기는 청소년들이 많이 늘어 고마울 따름이다.

지난 십 년처럼 묵묵하게 이 시리즈를 이어 갈 생각으로 첫 마음을 되새기며 글과 그림을 더하고 고쳐 좀 더 새로운 얼굴의 우리 고전을 세상에 다시 내놓으려 한다. 이 책을 통해 우리 청소년들이 풍성하고 가치 있는 고전의 바다에 풍덩 빠질 수 있기를 기대해 본다.

2012년 11월
전국국어교사모임

《구운몽》을 읽기 전에

우리 고전 소설 중에서 《구운몽》은 대단히 잘 알려진 작품입니다. 그러나 정작 이 소설을 처음부터 끝까지 꼼꼼하게 읽은 경우는 별로 없어 보입니다. 사정이 그래서인지 《구운몽》의 주제에 대해서도 쉽고 간단하게 생각하는 경향이 있습니다. 세상살이가 한바탕의 봄꿈, 즉 '일장춘몽'이라는 것이 이 소설의 주제라는 생각이 그것입니다. 소설을 통해 '허무한 인생'에 대해 생각해 보는 것도 필요한 일이겠지만, 요즘으로 따지면 장편 소설이라 할 수 있는 《구운몽》이 결국 인생의 허무함을 말하는 것으로 끝이 난다면 좀 아쉽지 않을까요? 《구운몽》을 다시 펴내는 이유는 이번 기회에 청소년의 눈높이에 맞춰 《구운몽》을 꼼꼼하게 읽어 보자는 생각에서였습니다.

《구운몽》은 17세기에 지어진 소설로, 대략 삼백여 년 전의 작품입니다. 그러니까 현대의 우리, 특히 청소년 여러분에게는 낯설고 이해하기 어려운 부분이 많이 있을 것입니다. 무엇보다도 주인공 양소유가 두 명의 처와 여섯 명의 첩을 두고 '행복하게' 산다는 설정부터 거부감이 들 것입니다. 그러나 그러한 남성 위주의 사고방식과 관습은 당시로서는 오히려 선망의 대상이 되기도 했습니다. 《구운몽》을 제대로 읽어 내려면 이러한 생활 구조상의 차이를 인정하는 것이 무엇보다도 먼저 필요합니다.

'구운몽(九雲夢)'이란 제목을 잠시 생각해 보겠습니다. 여기서 '구'는 숫자 아홉, '운'은 구름, '몽'은 꿈을 뜻합니다. 그러니 《구운몽》은 '아홉 구름의 꿈 이야기' 혹은 '아홉 사람이 엮어 나가는 꿈 같은 이야기'라는 의미가 됩니다. 아홉 사람이란, 양소유와 팔선녀를 말합니다. 이 아홉 사람이 차례로 만나서 사랑하고 자식을 낳고 성공하며 출세하는 이야기가 《구운몽》의 중심 내용입니다. 그리고 그 이야기를 둘러싸고 있는 부분에서는 다른 이야기가 전개됩니다. 성진의 이야기가 그것입니다. 이것을 도식으로 만들어 보면, '성진 → 양소유 → 성진'이 되고, 여기서 다시 '현실 → 꿈 → 현실'이라는 도식이 나올 수 있겠습니다. 이러한 우여곡절을 거치면서 《구운몽》이 말하고자 하는 바가 자연스럽게 드러나게 됩니다.

《구운몽》은 표기 형태로 보면 한문본과 한글본이 있습니다. 어느 것이 김만중이 지은 원작에 가까운지 단정하기는 어렵습니다만, 대체로 한문본이 먼저 나와 대중적인 인기를 얻으면서 나중에 한글본이 나왔다고 보는 것이 자연스럽습니다. 《구운몽》은 또한 나무에 새겨 먹으로 찍어 펴낸 목판본도 있고, 붓으로 쓴 필사본도 있으며, 근대에 들어 활자로 찍어 출판한 것도 있습니다. 이 책에서 대본으로 삼은 것은 한문본, 그것도 이본들 중에서는 가장 오래된 것입니다. 한문본은 한글본보다 분량도 많고 문학적인 수식도 상세합니다. 이야기 전개에 다소 불필요한 부분이나 지나치게 장황한 세부 묘사는 생략했지만, 가능한 한 고전 소설의 분위기를 살려내려고 노력하였습니다.

《구운몽》은 일종의 성장 소설입니다. 성장 소설이란, 주인공이 어린 시절부터 어른이 되기까지 자신의 인격을 완성해 가는 성장 과정을 그린 소설을 말합니다. 대표적인 성장 소설로는 헤르만 헤세의 《데미안》이 먼저 떠오릅니다. 우리 고전 소설 중에서는 《구운몽》만 한 성장 소설이 없을 것입니다. 지금 한창 성장하고 있는 우리 청소년 여러분에게 《구운몽》을 권합니다.

2015년 10월
진경환

차례

이야기 속 이야기

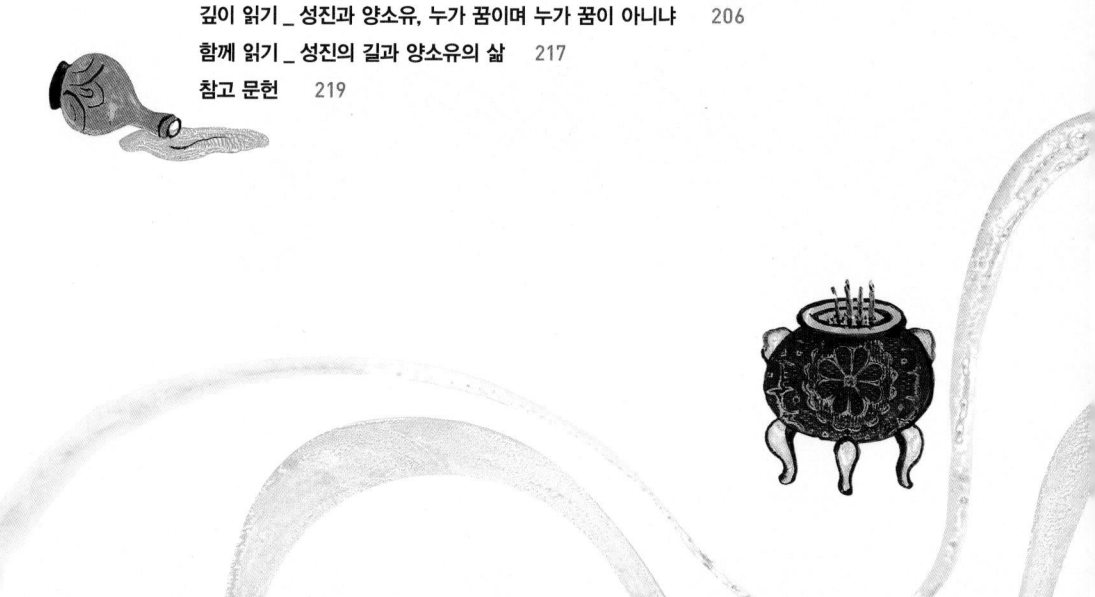

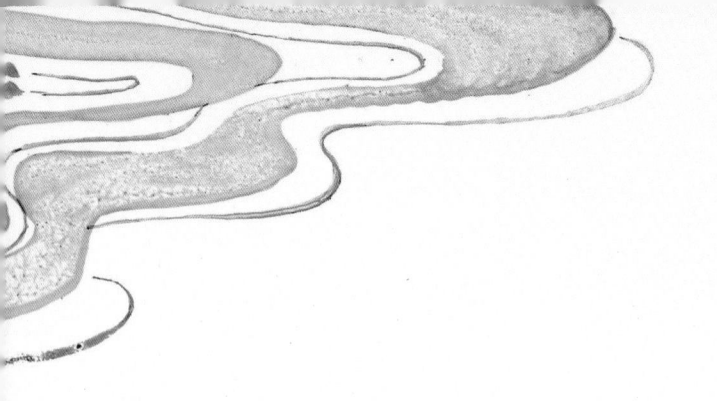

양 승상의 부귀와 풍류며

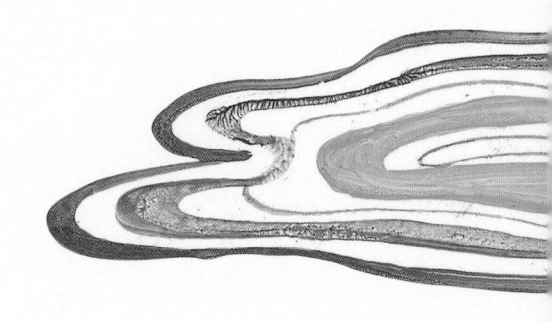

여러 낭자의 옥 같은 모습과

꽃 같은 태깔은 지금 어디에 있는가.

부귀영화를 꿈꾸다

천하에 이름난 산 다섯이 있다. 동쪽의 태산, 서쪽의 화산, 남쪽의 형산, 북쪽의 항산, 가운데 숭산이 바로 이 다섯 산이다. 그중 형산이 가장 먼 곳에 있는데, 형산의 다섯 봉우리 중에서 연화봉은 산세가 높아 구름이 그 참모습을 가리고 있고 안개가 그 허리를 감싸고 있어서 날씨가 깨끗하고 햇빛이 맑지 않으면 그 본래의 모습을 볼 수 없었다. 당나라 때 어느 고승이 옛날의 인도인 천축국에서 중국에 들어왔다. 고승은 형산의 빼어난 경치를 사랑하여 연화봉 위에 띠로 엮은 암자를 짓고 살았다. 그러고는 대승 불법으로 중생을 가르치고 귀신을 다스리니, 불교가 크게 일어나 사람들이 공경하여 믿고 따라 '부처가 세상에 다시 나셨다.'고 했다. 부자는 재물을 바치고, 가난한 사람은 힘을 내어서 첩첩이 쌓인 산봉우리를 깎고 끊어진 골짜기에 다리를 세우며, 집 지을 나무를 모으고 일꾼을 써서 절을 세우니 그윽하고 고요한 경치가 대단히 아름다웠다.

그 절에는 육관 대사라는 스님이 있었는데, 《금강경》을 열심히 공부했다. 제자 육백 명 가운데 계율을 잘 지켜 신통력을 얻은 중이 삼십여 명 있었는데, 그 가운데 성진이라는 어린 중은 용모가 얼음과 눈처럼 밝고 정신은 가을 물처럼 맑아서 나이 스물에 벌써 읽지 않은 경전이 없었다. 성진의 총명하고 지혜롭기가 여러 중 가운데서 단연 뛰어나 대사가 지극히 사랑하고 소중히 여겨서 장차 자기의 도를 잇게 하리라 생각했다.

육관 대사가 제자들에게 큰 법을 가르칠 때, 동정호의 용왕이 흰 옷을 입은 노인의 모습을 하고서 그 자리에 참석하여 듣곤 했다. 육관 대사는 이에 대한 답례로 감사한 마음을 전하려 성진을 동정호에 보냈다.

성진이 떠난 얼마 뒤에 남악의 위 부인이 보낸 팔선녀가 육관 대사를 방문했다. 팔선녀가 차례로 들어와 대사의 자리를 세 번 돌며 신선의 꽃을 뿌리고 나서 무릎을 꿇고 위 부인의 말씀을 전했다.

"스님께서는 산 서쪽에 계시고 저는 산 동쪽에 있어 사는 곳이 가깝

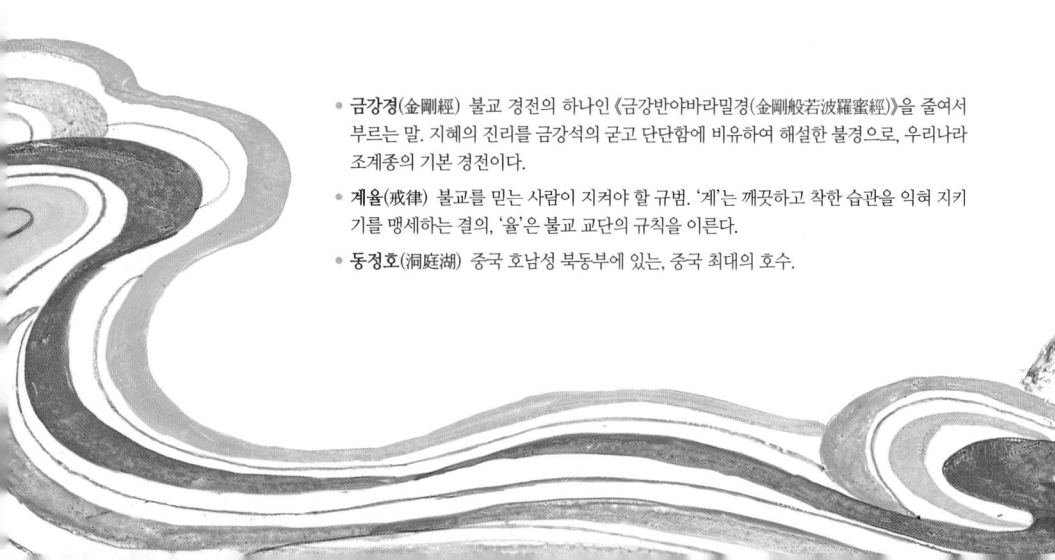

● **금강경(金剛經)** 불교 경전의 하나인 《금강반야바라밀경(金剛般若波羅蜜經)》을 줄여서 부르는 말. 지혜의 진리를 금강석의 굳고 단단함에 비유하여 해설한 불경으로, 우리나라 조계종의 기본 경전이다.

● **계율(戒律)** 불교를 믿는 사람이 지켜야 할 규범. '계'는 깨끗하고 착한 습관을 익혀 지키기를 맹세하는 결의, '율'은 불교 교단의 규칙을 이른다.

● **동정호(洞庭湖)** 중국 호남성 북동부에 있는, 중국 최대의 호수.

고 먹고 마시는 것도 비슷한데 아직 한 번도 가르침을 들은 적이 없으니, 지혜가 부족해 이웃을 사귀는 도리를 어겼습니다. 이에 계집종들을 보내 안부를 여쭙고 신선의 과일과 칠보와 비단을 드려 보잘것없는 정성을 표하고자 합니다."

이에 육관 대사는 팔선녀에게 음식을 대접한 뒤 고마운 뜻을 전해 돌려보냈다. 팔선녀가 돌아가는 길에 연화봉을 구경하기로 했다. 천천히 걸어 올라 폭포의 근원을 굽어보고 언덕을 따라 물줄기를 좇아 내려가다가 돌다리 위에서 잠시 쉬니, 때는 춘삼월이었다. 수풀 꽃은 일제히 피고 안개는 자욱하여 마치 비단을 펴 놓은 듯했고, 골짜기의 새들이 다투어 지저귀니 그 아름다운 소리가 관현악을 연주하는 듯했다. 봄바람은 사람을 들뜨게 하고 봄 경치는 사람의 마음을 끌어 오래도록 머물게 했다.

팔선녀가 돌다리에 걸터앉아 계곡물을 굽어보니 물줄기가 모여 맑은 연못을 이룬 것이 하도 깨끗하고 맑아서 마치 새로 산 거울 같았다. 푸른 눈썹과 붉게 화장한 얼굴이 물에 비쳐 마치 한 폭의 미인도가 걸린 듯했다. 스스로 그 그림자를 사랑하여 차마 자리에서 일어나지 못하고, 저녁노을이 산 고개를 넘고 땅거미가 수풀에서 일어나는 줄 미처 깨닫지 못했다.

한편 성진은 동정호에 이르러 유리같이 고운 파도를 헤치고 용궁으로 들어갔다. 용왕이 크게 기뻐해 궁문 밖에까지 나아가 성진을 맞이했다. 성진이 엎드려 육관 대사의 감사하는 말씀을 전했다. 용왕이 공손히 듣고 큰 잔치를 베풀어 대접하니 진귀한 과일과 신선의 나물 들은 풍요롭고 깨끗하여 맛이 대단히 좋았다. 용왕이 몸소 잔을 잡아 성진에게 권하니, 성진이 굳이 사양하면서 말했다.

"술은 성품을 망가뜨리는 약이나 마찬가지여서 불교에서 크게 경계하는 바입니다. 감히 마시지 않겠습니다."

"그걸 내가 어찌 모르겠나. 다만 이 술은 인간의 술과는 달라서 사람의 기를 고르게 할 뿐 마음을 방탕케 하지 않으니, 스님은 어찌 내 성의를 생각지 않는가?"

성진이 성의를 거절할 수 없어서 연거푸 석 잔을 마셨다. 성진이 용왕을 하직하고 용궁을 나와 바람을 타고 연화봉을 향해 오다가, 산 밑에 이르자 자못 술기운이 얼굴에 나타나고 어지러워 스스로를 탓하면서 말했다.

"스승님께서 만약 내 얼굴에 가득 찬 술기운을 보신다면 어찌 놀라 꾸짖지 않으시겠는가?"

성진은 즉시 냇가로 가서 옷을 벗어 모래 위에 놓고 손으로 맑은 물을 움켜쥐어 취한 얼굴을 씻었다. 그때 이상한 향내가 코를 스쳐 지나가는데, 난초나 사향의 냄새도 아니고 풀과 대나무의 냄새도 아니었다. 기분이 좋아지고 모든 나쁜 생각이 사라져서 말로 표현할 수 없을 지경이었다.

'이 계곡 위에 어떤 기이한 꽃이 있기에 이처럼 강렬한 향내가 물을

• 칠보(七寶) 불교에서 말하는 일곱 가지 주요 보배. 그 일곱 가지는 경전마다 조금씩 다른데, 대개 금·은·유리·수정·마노·산호·진주를 지칭한다.

따라 내려올까? 올라가서 찾아봐야겠다.'

이때 팔선녀가 돌다리에 앉아 놀고 있다가 성진과 마주쳤다. 성진이 지팡이를 내려놓고 합장하면서 말했다.

"저는 육관 대사의 제자인데, 스승님의 명을 받아 산을 내려갔다가 이제 절로 돌아가는 길입니다. 돌다리가 매우 좁은 데다가 낭자들이 앉아 계셔 건너지 못하겠으니 잠시 걸음을 옮겨 길을 좀 내어 주시기 바랍니다."

"저희는 위 부인의 계집종인데, 위 부인의 명을 받아 육관 대사께 안부를 묻고 돌아가다가 여기에서 잠시 머물게 되었습니다. 《예기》에, '길을 갈 때 남자는 왼쪽으로 가고, 여자는 오른쪽으로 간다.' 하니, 이 다리가 원래 좁은 데다가 저희가 먼저 앉았는데 스님께서 다리를 지나시겠다는 건 예에 맞지 않습니다. 다른 길을 찾아보십시오."

"계곡물이 깊고 다른 길이 없는데, 어찌 저로 하여금 다른 곳으로 가라 하십니까?"

"옛날 달마 대사는 갈댓잎을 타고 큰 바다를 건넜는데, 스님께서 육관 대사께 도를 배웠으면 반드시 신통력이 있을 것입니다. 이 작은 냇물을 건너는 게 뭐 그리 어렵다고 아녀자들과 길을 다투십니까?"

"낭자들의 뜻을 보니 아마 행인에게서 길 값을 받으려고 하시는 것 같습니다. 저는 본래 돈은 없고 마침 구슬 여덟 개가 있으니 이것으로 길 값을 드리겠소이다."

성진이 복숭아꽃 한 가지를 꺾어 선녀들 앞에 던지니 네 쌍의 붉은 꽃봉오리가 즉시 구슬이 되어 상서로운 빛이 땅과 하늘을 가득 채우고 비추어 마치 조개 속에서 갓 나온 진주 같았다. 팔선녀가 각각 한 개씩을 주워 성진을 돌아보며 빙그레 웃고는 몸을 솟구쳐 바람을 타고 날아가 버렸다. 성진이 돌다리에 우두커니 서서 머리를 들어 멀리 바라보니, 한참 있다가 구름은 흩어지고 향기로운 바람은 모두 사라져 마치 무엇을 잃은 듯 멍했다.

급히 돌아와 용왕의 말씀을 육관 대사께 보고하자 대사가 늦게 돌아왔다고 꾸짖으니 성진이 대답했다.

"용왕이 후하게 대접하고 하도 간절하게 만류하여 인정상 감히 옷을 떨치고 나올 수가 없었습니다."

육관 대사가 대답하지 않고 물러가 쉬게 했다.

성진이 선방으로 돌아오니, 날은 이미 어두워졌는데 팔선녀를 본 뒤부터는 그 고운 음성이 아직도 귓가에 쟁쟁하고, 아름다운 모습이 눈앞에 아른아른하여 잊으려 해도 도저히 잊을 수가 없으며, 생각지 않으려 해도 저절로 생각이 났다. 성진은 정신이 황홀하여 어쩔 수 없어서 단정히 앉아 눈을 감고 마음속으로 생각했다.

'남자가 세상에 태어나 어려서는 공자와 맹자의 글을 읽고 자라서는 요순 같은 임금을 만나 싸움터에 나가면 대장군이 되고 조정에 들어서면 관리의 우두머리가 되어 비단 도포를 입고 임금에게 충성하고 백성을 이롭게 하며, 눈으로는 고운 빛을 보고 귀로는 오묘한 소리를 들어 당대에 영화를 누릴 뿐 아니라, 죽은 뒤에도 이름을 남기는 것이

● 예기(禮記) 유교에서 말하는 다섯 경전의 하나로, 예의 이론과 실제를 기술한 책.

대장부의 일인데, 슬프다!

우리 불교에서는 단지 한 그릇 밥과 한 병의 물과 몇 권의 불경과 백팔 염주뿐이로구나. 그 도가 비록 높고 깊지만 적막하기가 너무 심하다. 도를 깨닫고 대사의 법통을 이어받아 연화봉 위에 꼿꼿이 앉았다 한들, 결국 한 줌의 재와 한 줄기 연기로 사라지고 말면 어느 누가 내가 세상에 났던 줄 알겠는가?'

성진이 이리저리 생각하면서 잠을 이루지 못하고 밤이 깊었다. 눈을 감으면 팔선녀가 갑자기 앞에 늘어서 있고, 놀라 깨어 눈을 뜨면 보이지 않았다. 성진은 드디어 크게 깨달아 생각했다.

'불교의 공부는 마음과 뜻을 바로잡는 것이 으뜸이다. 내가 출가한 지 십 년이 되었지만 일찍부터 반점도 구차한 마음이 없었는데, 갑자기 부정한 마음이 생겨 이제 이 지경까지 이르렀으니, 어찌 앞길에 방해가 되지 않겠는가?'

성진은 드디어 꿇어앉아 정신을 바로잡고 목에 건 염주를 굴리면서 고요히 일천 부처님을 불렀다.

이때 갑자기 동자가 창밖에서 불렀다.

"사형은 주무십니까? 스승님께서 부르십니다."

성진이 크게 깨달아 생각했다.

'스승님께서 깊은 밤에 재촉하여 부르시니 반드시 까닭이 있겠구나.'

이에 동자와 함께 바삐 대사가 계신 곳으로 가니, 대사가 모든 제자를 모아 놓고 엄숙하게 앉았다가 큰 소리로 꾸짖었다.

"성진아! 너는 네 죄를 알겠느냐?"

성진이 층계 아래로 엎어지며 대답했다.

"제가 스승님을 섬긴 지 십 년이 되었지만 아직껏 불순하고 공손치 못한 일을 한 적이 없으니, 저의 죄가 무엇인지 모르겠습니다."

"행실을 닦는 방법에 세 가지가 있으니, 몸과 말과 뜻이다. 네가 용궁에 가서 술 마시고 취하여 돌다리에 이르러 여자들과 만나 말을 주고받았고, 꽃가지를 꺾어 주며 희롱을 하였으며, 돌아와서까지도 잊지 못했다. 처음에는 미색을 탐하다가 드디어는 세속의 부귀영화에 마음을 빼앗겨 불교의 적막함을 싫어하니, 이는 세 가지 행실이 한꺼번에 무너진 것이다. 죄가 크다 하지 않을 수 없으니 더 이상 여기에 머무를 수 없다."

성진이 머리를 조아려 울며 말했다.

"스승님! 스승님! 제 죄가 큽니다. 그렇지만 술 마시지 말라는 계율을 어긴 것은 용왕이 억지로 권해서 마지못해 한 일이고, 팔선녀와 말을 나눈 것은 단지 길을 빌리기 위함이지 다른 뜻은 없었는데 무슨 부정한 일이 있었겠습니까? 그리고 선방에 돌아와서도 비록 나쁜 생각이 싹텄지만 곧바로 그릇되었음을 깨달았고, 착한 마음이 일어나 후회하여 마음을 바로잡았습니다.

제자에게 죄가 있다고 해도 스승님께서 종아리 쳐 경계하시지 어찌

● **백팔 염주(百八念珠)** 작은 구슬 백팔 개를 꿴 염주로, 사람이 지닌 백팔 개의 번뇌를 상징한다. 이것을 돌리며 염불을 외면 번뇌를 물리쳐 무상(無想)의 경지에 이른다고 한다.

● **사형(師兄)** 한 스승 밑에서 자기보다 먼저 그 스승의 제자가 된 승려를 높여 이르는 불교 용어.

● **선방(禪房)** 승려들이 깨닫기 위한 하나의 방편으로 참선을 하는 방.

하여 물리쳐 쫓아내려 하십니까? 제가 열두 살에 부모를 버리고 친척을 떠나 스승님께 귀의하고자 머리를 깎았으니, 의리로 말한다면 저를 낳으시고 키워 주신 것이나 다름없고, 정으로 말한다면 자식이나 마찬가지입니다. 이곳 연화도량이 제 집인데 여기를 버리고 어디로 가라고 하십니까?"

"네가 스스로 가고자 하기에 내가 가게 하는 것이지, 네가 정말로 여기에 머물고자 한다면 누가 너를 가게 하겠느냐? 네가 어디로 가냐고 묻는데, 네가 가고자 하는 그곳이 바로 네가 갈 곳이다."

대사는 이어 큰 소리로 말했다.

"황건역사야, 어디 있느냐?"

별안간에 공중에서 장수가 내려왔다.

"너는 이 죄인을 데리고 지옥에 가서 염라대왕에게 내어 주고 오너라."

성진이 눈물을 비 오듯
흘리면서 말했다.

"옛날 부처님의
제자 아난존자는
창녀와 몸을 섞었지만,
부처님은 벌을 주지 않고 설법으로
가르치셨습니다. 제가 비록 죄를 지었지만 아난존자와 비교하면 죄가
무겁지 않은데, 어찌하여 지옥으로 가라 하십니까?"

"아난존자는 요술에 빠져 창녀를 가까이했지만 마음만은 어지럽히
지 않았다. 그런데 너는 속세의 부귀영화를 흠모하는 생각까지 가졌
으니 죄가 크다. 어찌 윤회하는 벌을 피할 수 있겠느냐?"

성진이 울부짖기만 할 뿐 저승으로 갈 뜻이 없자, 육관 대사가 위로
했다.

"마음이 깨끗하지 않으면 비록 산중에 있을지라도 도를 이루기가
어렵다. 근본을 잊지 않는 한 비록 속세에 있어도 돌아올 길이 있을
것이다. 네가 만약 돌아오고자 하면 내 몸소 데려올 것이니 의심치 말
고 떠나거라."

성진이 할 수 없이 불상과 스승에게 절하고 여러 동문들과 이별한

* **황건역사**(黃巾力士) 힘이 세다고 하는 신장의 이름. '신장'은 귀신 가운데 무력을 맡은 장수신으로, 사방의
잡귀나 악신을 몰아낸다고 한다.
* **아난존자**(阿難尊者) 석가모니의 십대 제자 가운데 한 사람인 '아난다'를 높여 이르는 말. 석가모니가 열반
한 뒤 불교 경전을 모아 정리하는 일에 중심이 되었으며, 여인 출가의 길을 열었다.

뒤 황건역사를 따라 저승으로 향했다.

성문을 지키던 병사가 어찌 왔는가를 물었다. 황건역사가 육관 대사의 뜻을 받들어 죄인을 데려왔노라고 하자, 즉시 길을 열어 주었다. 곧바로 염라대왕의 궁전에 이르니 염라대왕이 물었다.

"성진아, 너는 머지않아 큰 도를 이루어 중생들이 모두 은덕을 입을 것이라 생각했는데, 무슨 일로 잡혀 왔느냐?"

성진이 크게 부끄러워하며 대답했다.

"제가 길에서 우연히 남악의 팔선녀를 만나 한때 마음을 억제하지 못하고 세상의 부귀영화를 그리워한 죄로 이렇게 끌려왔습니다."

염라대왕이 곧바로 성진의 죄를 결단하려 할 때, 병사들이 아뢰었다.

"황건역사가 육관 대사의 명령을 받아 여덟 죄인을 잡아 왔습니다."

성진이 이 말을 듣고 매우 놀랐다. 염라대왕이 죄인들을 불러들이자, 남악의 팔선녀가 들어와 마루 아래에 무릎을 꿇으니 염라대왕이 물었다.

"남악 선녀들아, 선가에는 무궁한 경치와 쾌락이 있는데 어찌하여 여기로 끌려왔느냐?"

팔선녀가 부끄러워하며 대답했다.

"저희는 위 부인의 명령을 받아 육관 대사께 문안드리고 돌아가다가 성진 스님을 만나 말을 주고받은 일이 있습니다. 대사께서는 저희가 부처님의 맑은 땅을 더럽혔다 하여 저희를 이리로 보냈습니다. 저희의 생사고락이 오직 대왕님 손에 달렸으니, 자비를 베푸시어 부디 좋은 땅에서 태어나게 해 주십시오."

염라대왕이 저승사자를 불러 아홉 명 모두를 인간 세상으로 보내니, 갑자기 거센 바람이 일어나 모든 사람들을 공중으로 날아 올려 사면팔방으로 흩어지게 했다.

나의 삶은 진정 내가 바라던 길인가?

성진은 육관 대사의 명으로 동정호에 다녀오다가 돌다리 위에서 위 부인의 시녀들인 팔선녀를 만납니다. 팔선녀의 아리따움에 정신이 팔린 성진은 오로지 불교 공부에만 몰두해 왔던 자기의 삶에 대해 깊은 회의를 느낍니다. '출가한 지 십 년에 계율을 반점도 어겨 본 적이 없었던' 성진에게 그것은 대단히 충격적인 사건이었을 것입니다.

성장을 위한 과정으로서의 혼란

처음으로 성진의 앞을 가로막고 선, '지금까지 내가 믿고 살아온 나의 삶은 진정 내가 바라던 길인가?' 하는 근본적인 회의가 성진을 혼란에 빠뜨린 것만은 아니었습니다. 그것은 청년 성진의 성장에서 반드시 거쳐야 하는 하나의 과정이기도 했지요. 어린 나이에 불교에 입문해서 오직 불도를 닦는 것만이 세상일의 전부라고 믿어 온 이십대 청년 성진에게 그 회의는 언젠가 한 번은 겪어야 할 일이었습니다. 난생 처음으로 접해 본 아리따운 여덟 처녀를 그리워하는 총각 성진의 내적 갈등은 그래서 지극히 인간적입니다.

한 세계를 창조하려는 자는
다른 한 세계를 파괴하여야 한다

성진이 살던 시대는 어느 하나의 이념만이 옳은 것이고 나머지는 모두 잘못된 것이라는 생각이 세상을 지배하던 중세였습니다. 오직 하나의 가치만이 인정되는 세상에서 성진이 품었던 삶에 대한 회의는 의미가 있습니다. 그 회의는 모든 진리나 가치는 상대적이라고 보는, 일종의 '상대주의' 철학이라 할 수 있습니다. 절대주의가 지배하던 시대에 그러한 상대주의는 기존의 믿음이나 신념에 대해 문제를 제기하는 것입니다. '그것만이 과연 절대적으로 옳은 것인가?' 하는 의문을 던짐으로써 기존 질서에 균열을 내기 시작하는 것이지요. 말로 하기는 쉽지만, 그런 입장과 태도를 실제로 취하기는 대단히 어렵습니다.

성장 소설로서의 《구운몽》

《구운몽》은 일종의 성장 소설이라고 할 수 있는데, 그 성장의 배후에는 이러한 상대주의가 자리 잡고 있습니다. 성장 소설은 주인공이 어린 시절부터 어른이 되기까지 자신의 인격을 완성해 가는 성장 과정을 그린 소설을 말합니다. '교양 소설', '형성 소설', '발전 소설'이라고도 하지요. 성장 소설의 특징은 주인공의 변화 양상이 미숙에서 성숙으로, 불완전에서 완전으로, 결핍에서 충족으로 변화하는 과정을 담고 있다는 것입니다. 성진이 양소유를 거쳐 다시 성진으로 돌아왔을 때, 성진은 처음의 자신에서 비약적으로 발전한 또 다른 자신을 발견하게 되는 것입니다. 그리고 그 각성은 독자의 몫이기도 하겠지요.

성장 소설에는 어떤 것들이 있을까?

《데미안》,
헤르만 헤세, 1919
독일의 작가 헤세가 지은 장편 소설로, 싱클레어라는 소년이 데미안을 만나 자아를 발견하는 과정을 그렸다.

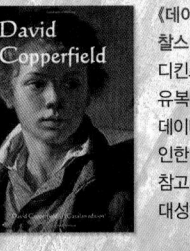

《우리들의 일그러진 영웅》,
이문열, 1987
1950년대 말 한 시골 초등학교를 배경으로 한 중편 소설로, 부정한 방법으로 친구들 위에 군림하는 엄석대라는 인물을 통해 권력의 형성과 몰락 과정을 그렸다.

《데이비드 코퍼필드》,
찰스 디킨스, 1849~1850
디킨스의 자전적인 장편 소설로, 유복자(遺腹子)로 태어난 데이비드가 어머니의 재혼으로 인한 불행한 삶과 갖가지 고통을 참고 견뎌내며 소설가로서 대성하는 과정을 그렸다.

양소유로 태어나다

성진이 바람에 실려 가다가 한 곳에 이르니, 바람이 그치며 발이 땅에 닿았다. 정신을 가다듬고 보니 여러 산이 사방에 둘러 있고 계곡물이 감싸 흐르는 수풀 사이에 대나무 울타리와 초가 십여 채가 있었다. 저 승사자가 한 집에 이르러 성진을 문밖에 세워 두고 안으로 들어갔다. 얼마 있다가 성진이 이웃 사람들이 말하는 걸 들었다.

"양 처사 부부가 나이 쉰에 아이를 배니 세상에 참 드문 일이네요. 그런데 아이를 낳은 지 오래되었는데도 아이 울음소리가 나지 않으니 이상하군요."

성진이 이 말을 듣고 자신이 양 처사의 자식으로 태어날 것이라고 생각했다.

'내가 다른 사람이 되어 인간 세상에 태어나 여기에 왔지만 이건 정신뿐이요, 몸은 연화봉에서 이미 화장되었을 것이다. 내 나이 어려 아직 제자가 없으니, 누가 나의 사리를 거두어 주었을까?'

마음이 자못 처량한데, 저승사자가 밖으로 나와 손을 휘저어 불러 말했다.

"여기는 대당국 회남 수주고, 너의 부친은 양 처사요, 모친은 유 씨다. 너는 전생의 인연으로 이 집에 태어나게 되었으니 이때를 놓치지 말고 빨리 들어가라."

성진이 들어가 보니 처사의 복장을 한 양 처사는 마루에 앉아 있고, 약탕관이 앞에 놓여 있는데 향내가 코를 찔렀다. 방 안에는 부인의 신음 소리가 났다. 저승사자가 성진을 재촉하여 들여보내니, 성진이 염려스러워 머뭇거려 들어가지 않자, 사자가 뒤에서 등을 밀치는 바람에 마당 가운데 엎어졌다. 성진은 마치 천지가 뒤집히는 것처럼 정신이 아득하여 소리를 내질렀다.

"사람 살려."

소리를 질러도 목구멍 밖으로 나오지는 않고, 다만 아이 울음소리만 나올 뿐이었다.

산파가 축하하면서 말했다.

"아이 울음소리가 크니, 장차 큰 인물이 되겠습니다."

처사가 약사발을 들고 들어와 부인에게 건네주고는 부부가 크게 즐거워했다.

● **처사**(處士) 벼슬을 하지 않고 시골에 묻혀 살던 선비.

    그 뒤로 성진은 배고프면 울고, 울면 젖을 먹으니, 처음에는 연화봉을 기억하였지만 점점 자라면서 부모의 은정을 알게 되자 전생의 일은 까맣게 잊어버렸다.

    양 처사가 아이의 골격이 맑고 빼어난 것을 보고 머리를 쓰다듬으면서 말했다.

    "이 아이는 분명히 하늘나라 사람인데 잠시 이 땅에 귀양을 왔을 게야."

    인간의 세월이 물 흐르듯 하여 아이의 나이가 열두 살이 되자, 이름을 소유라 하고, 자는 천리라 했다. 소유의 용모는 옥을 쪼아 놓은 것 같고, 눈은 샛별 같고, 문장을 크게 이루어 지혜가 어른보다 나았다.

    어느 날 양 처사가 유 씨에게 말했다.

    "나는 본래 이 세상 사람이 아닌데, 그대와 세속의 인연이 있어 이 땅에 오래 머물렀다오. 봉래산 신선이 자주 편지해서 돌아오라 하였지만 그대의 외로움을 생각하여 가지 않았는데, 이제 아이가 이리도 영특하니 그대가 의지할 곳을 얻었소. 마땅히 만년의 부귀영화를 누릴 것이니 부디 나를 생각지 마시오."

하루는 여러 도사들이 양 처사의 집에 모였다가 모두들 흰 사슴과 푸른 학을 타고 깊은 산으로 들어갔다.

양 처사가 떠난 뒤에 모자는 서로 의지하며 세월을 보냈다. 몇 해가 지나자 소유의 재주와 명성이 크게 일어나 고을 태수가 신동이라고 조정에 추천했다. 그러나 소유는 모친을 떠나기가 어려워 조정에 나아가지 않았다. 소유가 열네 살이 되자 용모는 더욱 아름다워지고 기상도 빼어났다. 문장과 학문이 비길 데 없고 활쏘기와 칼 쓰기에도 능숙하게 되었다.

하루는 양소유가 모친에게 말했다.

"부친께서 하늘로 돌아가실 때 저에게 집안을 맡기셨는데 지금 집안이 가난하고 모친께서 힘들게 살림하시니, 제가 만일 집 지키는 개나 되고 공명을 구하지 않으면 이는 부친께서 기대하신 뜻이 아닙니다. 이제 서울에서 과거를 열어 선비를 뽑는다고 하니, 제가 잠시 모친 슬하를 떠나 서울을 다녀올까 합니다."

유 씨가 자식의 기상이 만만치 않음을 보고 비록 먼 길의 이별을 애석히 여겼지만 만류하지는 않았다.

● **태수**(太守) 중국이나 우리나라에서 주(州), 부(府), 군(郡), 현(縣)의 행정 책임을 맡았던 벼슬아치를 통틀어 이르던 말.

양소유가 서동 한 사람과 나귀 한 필로 모친을 떠나 여러 날 만에 화주 화음현에 이르니, 서울이 점점 가까워지며 산천의 경치가 매우 화려했다. 과거 볼 날짜가 아직 넉넉히 남았으므로 하루 수십 리씩 가서 산수를 찾고 고적도 물어 나그네 길이 심심하지 않았다. 그러다 문득 바라보니 버들 수풀이 푸릇푸릇한 사이로 작은 누각이 비치어 매우 그윽했다. 양소유가 말에서 내려 천천히 나아가니 푸른 버드나무 줄기들이 풀어 흩어져 그윽하게 바람에 나부껴 볼 만했다.

'우리 초나라 땅에도 아름다운 나무가 많지만, 이 같은 버들은 보지 못했다.'

양소유는 〈양류사〉를 지어 읊었다.

시 읊는 소리가 맑고 기이하며 깨끗하고 밝았다. 봄바람이 이를 거두어 누각 위로 올리니, 누각 위의 한 미인이 한참 봄잠에 빠졌다가 시 읊는 소리에 놀라 깨어 창문을 열고 난간에 의지하여 두루 바라보다가 양소유의 눈과 우연히 마주쳤다. 그 미인은 구름 같은 머리가 귀

● **서동**(書童) 글방에서 글을 배우는 아이.

● **화음현**(華陰縣) 중국 섬서성 관중(關中)에 있는 주와 현.

● **양류사**(楊柳詞) '버들노래'라는 뜻의 시로, 대체적인 내용은 이렇다. '버드나무 어찌 저리 푸르고 푸른가 / 긴 버들가지 아롱진 기둥에 스치니 / 그대여 부디 함부로 꺾지 마시오 / 그 나무 참으로 다정한 나무라오.'

밑까지 드리웠고 옥비녀는 반쯤 기울어졌으며, 아직 봄잠을 부족해 하는 모습이 천연스럽게 아름다워 이루 말로 형용할 수조차 없었다.

두 사람이 서로 보기만 하고 말이 없는데, 양소유의 서동이 와서 말했다.

"저녁밥이 준비되었습니다."

미인이 곧 창문을 닫자, 향내가 코를 스칠 뿐이었다. 양소유가 서동을 원망하였지만, 다시 만나기가 어려운 줄 짐작하고 서동을 따라 숙소로 돌아왔다.

미인의 성은 진씨로, 진 어사의 딸이며, 이름은 채봉이었다. 일찍이 어머니를 여의고 다른 형제가 없어 홀로 부친을 모시고 있었는데, 아직 결혼 전이었다. 이때 진 어사는 직책상 서울에 가 있어 미인이 혼자 집을 지키고 있다가 천만뜻밖에 양소유를 만나 보고 마음속으로 생각했다.

'여자가 낭군을 좇는 것은 평생의 큰일로, 일생이 낭군에게 달렸다. 탁문군은 과부라도 오히려 사마상여를 좇았으니, 이제 나는 처녀의 몸이라 비록 스스로 중매했다는 의심을 피할 수 없지만, 부녀자의 행실에 해롭지는 않을 것이다. 하물며 저이의 성명과 거주지를 알지 못하는데, 부친께 여쭈어 의논한 다음에 중매장이를 보낸들 동서남북 어느 곳에서 찾겠는가?'

미인은 급히 편지지를 펴서 두어 줄 글을 쓰고 봉하여 유모를 불러 주면서 말했다.

"이 편지를 가지고 가서 나귀를 타고 내 집 누각 아래에 와 〈양류사〉

를 읊던 선비를 찾아 전하라. 나와 인연을 맺어 일생을 맡기려 한다는 뜻을 알리되, 이것은 내 평생의 큰일이니 자네는 삼가 허술히 하지 말게. 이 선비는 용모가 옥같이 아름다워 한눈에 알아볼 수 있을 것이니, 자네는 직접 만나 전하게."

"아씨의 명대로 전하겠지만, 이후 아버님께서 들으시면 무엇이라 하시겠습니까?"

"그것은 내가 당할 일이니 자네는 염려치 말게."

"그 낭군이 만약 이미 장가를 들었거나 혹시 결혼하기로 정한 곳이 있다면 어찌하시겠습니까?"

소저가 한참 생각하다가 말했다.

"불행히도 장가를 들었으면 첩이 되기도 꺼리지 않겠지만, 이 사람이 나이가 젊어 아직 장가를 들지 않았을 게다."

양소유가 마침 나가 있다가 유모가 〈양류사〉 읊던 선비를 찾는 것을 보고 물었다.

"〈양류사〉를 지은 선비가 난데, 노파는 어찌 묻나?"

유모가 양소유의 모습을 보고 의심하지 않고 말했다.

"여기서는 말씀드릴 수 없습니다."

---

* **어사(御史)** 왕명으로 특별한 사명을 띠고 지방에 파견되던 임시 벼슬.
* **낭군(郎君)** 젊은 여자가 남편이나 연인을 사랑스럽게 이르던 말.
* **탁문군(卓文君)** 한나라 부호인 탁왕손의 딸로, 대단한 미인이었다. 일찍이 과부가 되어 집에 있을 때 당시 유명한 문인이던 사마상여가 그 집 잔치에 가서 거문고를 타며 음률을 좋아하는 탁문군의 마음을 돋우자, 그 소리에 반해 밤중에 집을 빠져나와 사마상여의 아내가 되었다.
* **소저(小姐)** 처녀나 젊은 여자를 한문 투로 이르는 말.

양소유가 절하고 유모를 방으로 안내해 찾아온 뜻을 물으니, 유모가 되물었다.

"낭군께서는 〈양류사〉를 어디에서 읊으셨습니까?"

"소생은 먼 지방 사람이라, 처음으로 서울에 와 풍경을 구경하다가 큰길 북쪽 작은 누각 앞에 수양버들이 하도 아름다워서 우연히 시를 읊었는데, 노파는 어찌 묻는가?"

"낭군께서는 그때 누구를 보셨습니까?"

"요염하고 아름다운 모습이 아직도 귀와 눈에 남아 있고, 향내가 옷 속에 풍기고 있다네."

"그 집은 우리 진 어사 댁이요, 그 여자는 우리 아씨입니다. 아씨가 총명하고 지혜로워 사람을 알아보는 눈이 있어 낭군을 한번 보고 문득 일생을 맡기고자 하지만, 진 어사 어른께서 서울에 계셔 알리는 동안 낭군께서 떠나시면 어디에서 찾겠습니까? 그래서 부끄러움을 무릅쓰고 평생의 대사를 위해 저를 보내 낭군의 성씨와 고향과 혼인하셨는지를 알아 오라 하셨습니다."

양소유가 이 말을 듣고 기쁜 빛이 얼굴에 가득 차 고마워하며 말했다.

"내가 아씨의 눈에 든다니 은혜를 어이 잊겠나. 나는 초나라 사람이요, 집에는 노모가 계시니 결혼은 양가 부모에게 아뢴 다음 행하겠지만, 그 약속하는 마음만은 끝내 변치 않겠네."

유모가 즐거워하며 소매에서 작은 봉투를 꺼내 양소유에게 주었다. 양소유가 떼어 보니 〈양류사〉 한 수였다.

양소유가 그 시의 뜻이 맑고 은근함에 감탄하면서 말했다.

"옛날 시를 잘 짓던 왕우승이라도 이보다는 낫지 못할 것이다."

양소유는 즉시 편지지를 꺼내 한 수를 지어 유모에게 주었다.

유모가 편지를 몸에 감추고 나가는데, 양소유가 도로 불러 말했다.

"아씨는 진나라 사람이요, 나는 초나라에 있어 한번 헤어진 뒤에는 산천이 떨어져 소식을 통하기가 어려운데, 하물며 오늘 일은 중매가 없고 내 마음은 의지할 데가 없으니, 오늘 밤 달빛을 타 아씨의 얼굴을 볼 수 있을까? 아씨의 시에도 그런 뜻이 들어 있으니, 유모는 아씨에게 내 뜻을 전하게."

유모가 돌아와 말했다.

"우리 아씨가 낭군께서 화답한 시를 보고 매우 감격하셨습니다. 달빛 아래에서 만나자는 낭군의 약속을 전하자 아씨가 말하였습니다. '남녀가 혼례 전에 서로 만나는 것은 예가 아닌 줄 알지만, 이제 낭군께 의지하려 하니 어찌 그 뜻을 따르지 않겠습니까? 그러나 밤에 만나면 의심을 받을 것이요, 부친께서 아시면 잘못되었다 꾸짖으실 테니, 날이 밝은 뒤에 잠깐 만나 앞날을 약속하면 좋겠습니다.'"

양소유가 감탄하여 말했다.

"아씨의 밝은 의견과 옳은 뜻은 내가 미칠 바가 아니군."

양소유는 거듭 당부하며 유모를 보냈다. 그러고는 이날 삼월의 밤이 유난히 긴 것을 한탄했다. 이제 막 새벽이 되려 하는데, 갑자기 천만

• 소생(小生) 말하는 이가 자기를 낮추어 이르던 일인칭 대명사.
• 왕우승(王右丞) 중국 당나라의 시인이자 화가인 왕유. 상서우승 벼슬을 해 왕우승이라고도 불린다.

사람의 들끓는 소리가 물 끓듯 들려왔다. 놀라 일어나 길가에 나가 보
니, 도로가 막히고 우는 소리가 진동했다. 행인에게 물으니 서울에 변
이 나서 구사량이 황제라 일컬어, 천자는 양주로 피란을 가고 적병들
이 사방으로 흩어져 사람과 말을 강제로 빼앗는다고 했다.

"함곡관을 닫아 사람들을 출입치 못하게 하고, 양민과 천민을 가리
지 않고 모두 군사로 쓴다고 합니다."

양소유가 크게 놀라 급히 서동을 데리고 남전산을 바라보며 깊이
꼭대기로 올라가니 초가 한 채가 있었다. 흰 구름이 자욱하게 끼어 있
고 학 우는 소리가 매우 맑기에, 양소유는 그곳에 뜻이 높고 지조가

굳은 선비가 있을 것이라 생각했다. 그때 한 도인이 팔을 괴고 누웠다가 양소유를 보고 일어나 앉아 말했다.

"그대는 피란하는 사람이구나."

양소유가 그렇다고 하자, 도인이 다시 말했다.

"그대는 회남 양 처사의 아드님이 아닌가? 모습이 매우 닮았구나."

양소유가 눈물을 머금고 사실이라고 대답하자, 도인이 웃고 말했다.

"그대의 부친이 나와 함께 사흘 전에 자각봉에서 바둑을 두고 갔는데, 심히 평안하니 자네는 슬퍼하지 말게. 자네가 이미 여기에 왔으니 머물러 길이 트이거든 돌아가도 늦지 않을 것일세."

양소유가 감사하고 모시고 앉았는데, 도인이 벽 위의 거문고를 보고 물었다.

"자네는 이것을 탈 수 있겠는가?"

"좋아는 하지만, 아직껏 어진 스승을 만나지는 못하였습니다."

도인이 동자를 불러 거문고를 가져오게 해 양소유에게 주어 타게 하니 〈풍입송〉이라는 곡을 탔다.

- **구사량(仇士良)** 당나라 군관으로, 벼슬이 관군용사에 이르렀으나, 난폭해서 일찍이 왕 둘, 왕비 하나, 재상 넷을 죽이고 이십여 년간 탐혹한 생활을 했다.
- **함곡관(函谷關)** 전국 시대 진(秦)나라에서 산동(山東) 6국으로 통하던 관문으로, 낙양(洛陽) 서쪽에 있으며 험하기로 유명하다.
- **남전산(藍田山)** 섬서성 관중에 있는 산.
- **도인(道人)** 도를 갈고닦는 사람으로, 도사(道士)라고도 한다.

도인이 웃으며 말했다.

"손 쓰는 법이 매우 능란하니 가르칠 만하구나."

도인이 이어 거문고를 들고 스스로 세상에 전하지 않는 곡을 타니, 그 곡조가 맑고 그윽하여 인간 세상에서 듣지 못한 바였다. 양소유가 평소 음률을 좋아하고 총명이 뛰어나 한번 들으면 일일이 전하니, 도인이 기뻐하면서 벽옥통소를 내어 한 곡을 불어 가르쳐 말했다.

"지음을 만나기란 옛날부터 어려운 바인데, 이제 거문고와 통소를 자네에게 주니 뒷날 반드시 쓸 곳이 있을 게다."

양소유가 절하여 받고 아뢰었다.

"소생이 선생을 만나게 된 것은 응당 가친이 길을 지시해 주심입니다. 제자가 되고 싶습니다."

도인이 웃으며 말했다.

"인간 부귀는 자네가 면치 못할 것이니, 어찌 이 늙은이를 좇아 바위 구멍에서 살겠는가? 하물며 마침내는 돌아갈 곳이 있으리니, 그대는 나의 무리가 아니다. 그렇지만 너의 은근한 뜻을 저버리지는 못하겠구나."

도인이 또 한 권의 책을 건네주며 말했다.

"이를 익히면 비록 수명을 연장하지는 못하겠지만, 병이 없고 늙는 것을 물리칠 수는 있을 것이다."

양소유가 다시 절하고 물었다.

"제가 화음현에서 진씨 딸을 만나 바야흐로 혼인을 의논하였는데, 난리 통에 이곳에 이르렀습니다. 앞으로 이 혼인이 이루어질 수 있겠습니까?"

도사가 크게 웃으며 말했다.

"혼인의 길이 어둡기가 밤 같으니, 어찌 가히 미리 천기를 말하겠는가? 비록 그렇지만 너의 아름다운 인연이 여러 곳에 있으니, 진씨 딸만을 연모하지는 말거라."

이날 도인을 모시고 돌방에서 자는데, 하늘이 채 밝기도 전에 도인이 양소유를 깨워 말했다.

"길이 이미 트였고, 과거는 내년으로 미루어졌다. 대부인께서 문에 기대어 기다리시니 속히 돌아가 보거라."

양소유가 도인에게 백배 사례하고, 거문고와 퉁소를 거두어 산을 내려오며 돌아보니 도인의 집은 간 곳이 없었다.

어제 산을 들어올 적엔 버들꽃이 아직 지지 않았는데, 하룻밤 사이에 풍경이 훌쩍 변하여 바위 사이에 국화가 피어 있었다. 양소유가 이상히 여겨 어떤 사람에게 물으니, 이미 팔월이라는 것이다.

진 어사의 집을 찾아가니 버들 수풀은 뚜렷하였지만 아름다웠던 다락과 어여뻤던 담은 불에 타 없어졌고, 사방이 황량하여 닭 우는 소리 하나 들리지 않았다. 양소유는 얼마 동안 버들가지를 붙들고 진 소저

◦ **벽옥퉁소** 납작한 구슬인 벽(碧)과 둥근 구슬인 옥(玉)으로 만든 고급 퉁소.
◦ **지음**(知音) 원래는 음악의 곡조를 잘 안다는 뜻이었는데, 뒤에 마음이 서로 통하는 친한 벗을 이르는 말이 되었다. 거문고의 명인 백아(伯牙)가, 자기의 거문고 소리를 잘 이해해 준 종자기(鐘子期)가 죽은 뒤, 이제 자기의 소리를 알아주는 사람이 없다고 하면서 거문고의 줄을 끊어 버렸다는 고사에서 유래한 말이다.
◦ **가친**(家親) 남에게 자기 아버지를 높여 이르는 말.
◦ **대부인**(大夫人) 남의 어머니를 높여 이르는 말.

의 〈양류사〉를 읊고 눈물을 흘렸지만, 이미 어찌할 바가 없어 객점에 와 주인에게 물었다.

"큰길 건너편 진 어사의 집 사람들은 지금 어디로 갔는가?"

주인이 탄식하며 말했다.

"상공께서는 알지 못하시는군요. 진 어사께서 서울에 가시고 소저가 늙은 종을 거느리고 집에 있었는데, 어사는 역적에게서 벼슬을 받았다 하여 처형되었고, 소저는 서울로 잡혀갔습니다. 누구는 죽었다고도 하고, 누구는 궁녀가 되었다고도 합니다."

양소유가 이 말을 듣고 눈물을 비같이 떨어뜨리며 마음속으로 '남전산 도인이 진 씨와의 혼인이 어둡기가 밤 같다고 하더니, 소저는 이미 죽었을 것이다.' 하고 생각했다.

• **상공(相公)** 대개 재상을 높여 이르는 말이나, 여기서는 젊은 선비를 높여 부르는 말.

계섬월과 사랑에 빠지다

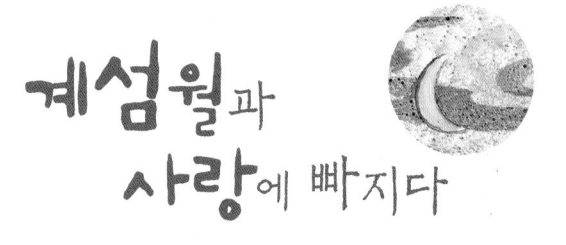

양소유가 고향 수주로 돌아오니, 난리 통에 아들이 죽었을 거라고 믿고 시름에 빠져 있던 유 부인은 죽은 사람을 다시 만난 듯 기뻐했다.

그해가 지나가고 봄이 되었다. 양소유가 다시 서울로 가 공명을 구하고자 하니 유 씨가 말했다.

"작년에 서울에 갔다가 위험한 경우를 겪었고, 네 나이 아직 젊어 공명은 급하지 않지만, 이제 네가 서울로 가는 것을 만류치 않음은 내가 또한 생각이 있어서다. 네 나이 열여섯인데 결혼하기로 한 데가 없고, 수주는 궁벽한 작은 고을이라 어찌 현숙한 처녀가 있어 너의 배필이 되겠느냐. 내 외사촌 누이가 있는데, 성이 두씨다. 서울 자청관에

---

 * **공명(功名)** 공을 세워 이름을 세상에 떨침.

출가하여 도사가 되었는데, 나이를 헤아려 보면 아직 살아 있을 듯도 하구나. 그녀는 아주 뜻이 깊은 사람으로, 성중 재상 집에 왕래하지 않은 데가 없다. 내가 편지를 쓰면 성의껏 도울 것이니 찾아 보거라."

양소유가 화음현 진 소저에 대해 이야기하고 슬픈 빛을 보이자, 유 씨가 한탄하면서 말했다.

"비록 아름답지만 인연이 없어 죽었기가 쉽고, 설령 살았어도 만날 길이 없으니, 염려를 끊고 아름다운 인연을 맺어 내 마음을 위로하거라."

양소유가 출발한 지 여러 날 만에 낙양에 이르렀다. 마침 소나기를 만나 남문 밖 주점에 들어갔다.

주인이 물었다.

"상공께서는 술을 드시렵니까?"

"좋은 술을 가져오게."

주인이 술을 가져오니 양소유가 연거푸 십여 잔을 기울였다.

"자네네 술이 좋기는 하지만, 그리 고급 술은 아닐세."

"제 집 술은 이보다 좋은 것이 없습니다. 상공께서 더 좋은 술을 원하시면 성중 천진교라는 다리 옆에 있는 술집에서 파는 낙양춘이라는 술이 있는데, 대단히 비싸다고 들었습니다."

양소유가, '낙양은 옛날부터 제왕의 도읍이요, 천하의 번화한 땅이라. 내가 작년에 다른 길을 간 까닭에 이 땅의 경치를 보지 못하였는데, 이번은 헛되이 지나지 않겠다.' 하고 생각하고, 나귀를 타고 천진교 쪽으로 향하여 갔다.

낙양 성중에 들어가니 번화하고 아주 화려한 것이 과연 듣던 바와 같았다. 낙수는 도성을 꿰뚫어 마치 흰 비단을 펴 놓은 듯하고, 천진교는 물을 타고 마치 무지개를 비껴 놓은 듯했으며, 붉은 용마루와 푸른 기와는 하늘에 솟아 있어 그림자가 물속에 떨어졌으니, 참으로 천하에 제일가는 명승지였다.

양소유는 거기가 술집 주인이 알려 준 바로 그 집임을 알고, 나귀를 채찍질하여 술집 앞으로 나아갔다. 좋은 말들이 떠들썩하게 길을 메웠고, 누각 위에서 온갖 풍악 소리가 공중에서 내려오니, 양소유는 하남의 사또가 잔치를 베푸는가 하여 서동을 시켜 물어보게 했다. 성중의 귀공자들이 이름난 기생들을 모아 놓고 봄 구경을 한다 하거늘, 양소유가 흥에 취해 나귀에서 내려 바로 누각으로 올라가니, 소년 십여 인이 미녀 십여 인과 더불어 섞여 앉아 이제 막 큰 잔을 기울이는데, 옷차림은 선명하고 의기는 의젓했다.

그들은 양소유의 모습이 수려함을 보고 일제히 일어나 절하고 자리를 나누어 앉아 서로 인사를 나누었다.

왕생이란 사람이 말했다.

"양 형이 구경을 하려 한다면 비록 청하지는 않은 손이지만, 오늘 모임에 참석해도 방해가 되지는 않겠소이다."

- **자청관(紫淸觀)** 도교에서 여자 도인들이 거처하면서 수행을 하는 숙소.
- **낙양(洛陽)** 성(城)이자 현(縣)의 이름으로, 중국의 여러 왕조에서 이곳에 도읍을 정했다. 지금의 하남성 낙양시다.
- **낙수(洛水)** 낙양을 흐르는 강으로, 이 이름을 따서 낙양이라는 도읍이 생겨났다.
- **양 형(楊兄)** '형'은 가깝게 지내는 남남의 남자 사이에서 나이가 많은 남자를 가리키거나 부르는 말이지만, 여기서는 나이가 비슷한 사이에서 상대방을 대접하여 부르는 말로, 양소유를 가리킨다.

"여러 형의 오늘 모임은 비단 술잔을 나눌 뿐 아니라, 시 모임을 열어 문장을 비교하기 위한 듯합니다. 저 같은 사람은 초나라 미천한 선비로 나이도 어린데다가 식견이 얕아, 비록 요행히 여러 형의 큰 모임에 참여함이 외람될까 합니다."

여러 서생이 양소유의 언어가 공손하고 나이도 어림을 업신여겨 웃으며 말했다.

"형은 뒤늦게 들어온 사람이니, 시를 지어도 좋고 짓지 않아도 좋소이다. 잠시 함께 술이나 마시도록 합시다."

여러 서생이 잔 돌리기를 재촉하자, 모든 풍악이 일시에 울렸다.

양소유가 눈을 들어 기생들을 둘러보니 한 사람만이 홀로 단정히 앉았는데, 참으로 미인이어서 마치 선녀가 인간 세상에 내려온 듯했다. 양소유가 정신이 아찔하여 술잔을 잡을 줄 몰랐는데, 그 미인 역시 양소유를 돌아보았다. 꽃다운 종이에 써 놓은 시가 미인 앞에 많이 쌓여 있는 것을 보고 양소유가 여러 서생을 향해 말했다.

"아름다운 종이에 여러 형의 훌륭한 작품이 있으니, 한번 볼 수 있겠습니까?"

양소유가 대충 십여 장의 시를 훑어보니, 그 가운데 좋고 나쁜 것과 미숙한 것과 무르익은 것이 없지 아니하지만, 거의가 평범하여 좋은 글귀가 없었다. 양소유가 생각하기를, '낙양에 재주 있는 선비가 많다던데, 이로 보건대 빈말이군.' 하고, 시를 미인에게 주고는 여러 서생을 향해 공손히 말했다.

"제가 훌륭한 문장을 보지 못하다가 여러 형의 주옥같은 글을 구경하니 상쾌함을 어찌 이르겠습니까."

이때 여러 서생이 모두 취하여 흐뭇하게 웃고 말했다.

"양 형은 다만 시 구절의 묘한 것만 알고, 더욱 묘한 일이 있는 줄은
모르는군요?"

"저는 형들의 사랑을 받아 술 마시는 사이에 아주 친한 벗이 되었는
데, 어찌하여 제게 묘한 일을 알려 주지 않는지요?"

"저 낭자는 이름이 섬월이요, 성은 계씨니 자색과 가무가 천하에 으
뜸일 뿐 아니라, 시문도 모르는 것이 없고 글을 보는 눈이 신명스럽지
요. 우리가 지은 시를 보여 주면 그 가운데서 우열을 정합니다. 더구나
계랑 이름의 뜻이 '달 가운데 계수나무'니, 새로 발표되는 장원의 길조
도 바로 여기에 있는 거지요."

두생이라는 사람이 덧붙였다.

"섬월이 노래 불러 준 글을 쓴 사람이 오늘 밤 그녀와 꽃다운 인연
을 이루는 게 어떻겠소? 양 형도 흥을 안다면 한 수를 지어 우리와 우
열을 다투지 않겠소?"

양소유가 사양하는 체하다가 섬월의 용모를 본 뒤 시흥을 이기지
못해 곁에 있는 빈 종이 한 폭을 빼내어 붓을 날려 시를 지었다. 여러
서생이 그 시상이 익숙하고 솜씨가 있으며 붓의 힘이 살아 움직이는
듯한 것을 보고 크게 놀라는 눈치였다.

양소유가 붓을 던지고 글을 섬월에게 보였다. 섬월이 시를 보자마자

● **시상**(詩想) 시를 짓기 위한 착상이나 구상.

음악에 맞춰 노래를 부르기 시작했다. 노랫소리가 드높은 하늘에 올라 공중에 퍼지니 옆에서 으스대던 서생들의 얼굴색이 싹 달라졌다.

양소유가 서생들의 분위기를 보고 일어나면서 말했다.

"제가 우연히 여러 형의 사랑함을 입어 번화한 잔치에 참여했으니 참으로 영광이었습니다. 그러나 갈 길이 바빠서 종일토록 모실 수가 없으니 다른 날 남은 정을 다했으면 합니다."

양소유가 막 나귀를 타려 하는데 섬월이 따라와 말했다.

"다리 남쪽 분장한 누각 밖에 앵두꽃이 만발한 집이 곧 첩의 집이오니, 낭군께서는 먼저 가셔서 첩이 돌아갈 때까지 기다리십시오."

양소유가 주점에 가서 여장을 풀었다가 저녁을 타 섬월의 집을 찾아가니, 섬월이 촛불을 밝히고 양소유를 기다리고 있었다. 다시 만난 기쁨은 이루 말할 수가 없었다.

밤이 한창 무르익어 가자 섬월이 말했다.

"첩은 본래 소주 사람인데, 부친은 이 지방의 역을 관리하다가 돌아가셨습니다. 집은 가난하고 고향은 멀어 시신을 옮겨 갈 돈이 모자라 계모가 많은 돈을 받고 첩을 사창가에 팔았답니다. 욕된 삶을 견뎌 온 것은 언젠가 군자를 만나 푸른 하늘을 떳떳하게 볼지 모른다는 희망이 있었기 때문입니다. 오늘 드디어 낭군을 만났으니 낭군께서 첩을 더럽다 아니하신다면, 낭군을 위해 물 긷고 밥 짓는 종이 된다 한들 결단코 낭군을 좇겠습니다. 낭군의 뜻은 어떠하신지요?"

"나의 뜻이 어찌 계랑과 다르겠소? 다만 아직 벼슬도 얻지 못한 내가 첩을 들인다면 노모께서 원치 않으실 것이오. 또 온 세상에서 구한다 하여도 계랑만 한 여자를 얻기가 어려울까 걱정이라오."

"낭군은 무슨 말씀이십니까? 지금 천하에 재주 있는 사람들 중에 낭군보다 나은 이가 없으니 반드시 장원 급제할 것이고, 승상과 대장 벼슬을 하는 것도 그리 오래 걸리지 않을 것입니다. 천하 미인 중에 그 누가 낭군을 따르지 않겠습니까? 제가 어찌 추호라도 사랑을 독차 지할 뜻이 있겠습니까? 낭군은 높은 가문의 어진 부인에게 장가 든 뒤, 원컨대 천첩을 버리지 마십시오. 오늘부터 몸을 깨끗이 하여 명을 기다리겠습니다."

"지난해 내가 화주를 지날 때에 우연히 진씨 여자를 만나 보니 용 모와 재기가 마땅히 계랑과 형제 될 만하지만, 그녀가 간 곳을 모르니 어디에서 그런 숙녀를 구할 수 있겠소?"

"진 어사의 따님을 말씀하시는군요. 진 어사가 이 지방에서 벼슬을 할 때 첩은 진 낭자와 가깝게 지냈습니다. 진 낭자와의 일이 어그러졌 다면 이제 다른 미인을 구하십시오. 지금 천하에 이름난 기생이 셋 있 는데, 강남의 만옥연과 하북의 적경홍, 그리고 낙양의 첩입니다. 특히 적경홍과 첩은 형제 같은 친구 사이입니다. 경홍은 패주의 좋은 집안

• **첩(妾)** 결혼한 여자가 윗사람을 상대하여 자기를 낮추어 이르던 일인칭 대명사.
• **여장(旅裝)** 나그네가 길을 떠나거나 여행할 때의 차림.
• **소주(蘇州)** 춘추 시대 오나라의 수도.
• **승상(丞相)** 중국의 역대 왕조에서 천자를 보필하던 최고 관직.
• **대장(大將)** 장수의 우두머리.
• **강남(江南)** 양자강 이남 지역으로, 화남을 말한다.
• **하북(河北)** 황하 북쪽 하북성 지역을 통틀어 말한다.

에서 태어났지만 부모가 일찍 죽자 숙모에게 의지하였는데, 열네 살에 용모가 아름다워 하북에 이름이 자자했습니다. 근처의 사람들이 처첩을 삼고자 하여 중매쟁이들이 드나들었지만, 경홍은 모두 거부했습니다. 경홍은, '궁벽한 시골 여자로서 좋은 낭군을 찾기가 어려우니 기생이 되자. 그래야 영웅과 호걸을 마음대로 택할 수 있다.' 하고 생각하였지요. 경홍이 첩과 서로의 마음을 의논할 적에, 피차 두 사람이 흡족한 남자를 만나거든 서로 천거하여 함께 살자 하였습니다. 첩은 이제 낭군을 만나 소망이 충족되었지만, 경홍은 불행히도 산동 제후의 궁중으로 들어갔으니, 비록 부귀하나 그것은 그녀가 바라던 바가 아닙니다."

"기생집 중에는 많은 미녀가 있겠지만, 가정집 처자 중에는 없을까 하오."

"장안 사람들의 말을 들어 보면, 정 사도의 딸의 용모와 재덕이 으뜸이라 하니, 서울에 가시면 꼭 찾아보십시오."

이와 같이 이야기를 나누는 사이 어느덧 날이 밝았다. 두 사람은 다시 만날 약속을 하고 눈물을 뿌리고 헤어졌다.

- **패주**(覇州) 하북성 내의 지명으로, 지금의 청하현(淸河縣).
- **산동**(山東) 고대 중국에서는 태항산맥의 서쪽을 산서, 동쪽을 산동이라 불렀다. 산동은 지금의 산동반도, 곧 중국 산동성 동부에 뻗어 나온 반도를 말한다.
- **제후**(諸侯) 봉건 시대에 일정한 영토를 가지고 그 영내의 백성을 지배하는 권력을 가지던 사람.
- **장안**(長安) 중국 산서성 서안시의 옛 이름. 전한(前漢)과 당나라의 수도로, 역사상 이름난 국제도시였다.
- **사도**(司徒) 중국 주나라 때, 호구(戶口), 전토(田土), 재화(財貨), 교육을 맡아보던 벼슬.

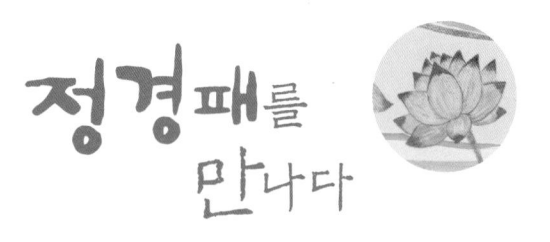

정경패를 만나다

양소유가 서울에 이르러 예단을 갖추고 두 연사를 찾아갔다. 그녀는 나이가 예순으로, 자청관의 으뜸가는 여도사가 되어 있었다. 양소유가 예를 다한 뒤에 모친의 편지를 드리니, 두 연사가 안부를 묻고 기쁨과 슬픔이 엇갈리는 가운데 말했다.

"너의 아름다운 풍채는 신선의 무리 중에 있는 사람 같아서 지금의 여자 가운데서는 배필이 될 만한 사람이 없을 것 같구나. 내가 차분히 생각해 볼 테니 다시 오너라."

양소유가 과거 날이 이미 가까웠지만, 과거 공부에는 마음이 없어 며칠 뒤 두 연사를 찾아가 보니 연사가 웃으며 말했다.

"한 처자가 있는데, 그 재모로 말할 것 같으면 참으로 너의 짝이 될 만하지만, 그녀의 가문이 너무 높아 걱정이구나. 네가 이번 과거에서 급제하면 이 혼사를 의논할 수 있겠지만, 그 전엔 말해도 아무 소용이 없을 게다. 그러니 과거 공부에 힘쓰도록 하거라."

"어떤 사람인지요?"

"정 사도의 딸이다."

양소유는 섬월이 일러 주던 바로 그 여자인 줄 알고, '어떤 여자기에 장안과 낙안 두 도읍 사이에서 이처럼 이름을 얻었을까?' 하고 생각하면서 말했다.

"제가 스스로 자랑하는 것은 아니지만, 이번 과거는 소자가 이미 합격한 것이나 마찬가지입니다. 그런데 저는 그 처자의 모습을 보지 못하면 구혼을 아니 할 것입니다. 제발 자비를 베풀어 한번 보게 해 주십시오."

양소유가 거듭 요청했지만, 두 연사는 허락하지 않았다.

양소유는 이튿날 일찍 일어나 다시 자청관에 가서 간청을 했다. 두 연사가 고민을 하다가 무슨 생각이 떠오른 듯 입을 열었다.

"너는 음률을 배웠느냐?"

"네, 일찍이 남전산 도인에게 잠시 악곡을 익힌 적이 있습니다."

"정 사도가 요사이 병으로 물러난 뒤 음악에 재미를 붙였고, 정 사도의 부인 최 씨도 음악을 좋아하는데, 정 소저 역시 부모를 닮아 음악에 밝다. 최 부인이 새 곡조를 연주하는 사람이 있다는 것을 들으면 반드시 그를 청하여 데려가서, 곡조의 높고 낮음과 잘됨과 못됨과 좋

● 연사(鍊師) 도교에서 도가 높은 도사나 도인.

음과 나쁨을 정 소저에게 일일이 평가하도록 한다. 사흘 뒤 이월 그 믐날은 영부도군의 탄신일이니, 그 집에서 해마다 우리 자청관에 향과 초를 보낸다. 너는 그때 잠시 여도사의 복장을 하고 거문고를 타거라. 그러면 심부름하던 사람이 최 부인께 보고를 할 테고, 최 부인은 너를 초청해서 들으려 할 것이다. 너는 용모가 곱고 아직 수염이 나지 않았 으니, 여자로 변장하기가 어렵지 않을 게야."

정 사도에게는 다른 자녀가 없고 오직 정 소저만 있었다. 최 부인이 해산할 적에 정신이 혼미한 가운데 한 선녀가 명주 한 개를 가지고 방 에 들어오는 것을 보고 정 소저를 낳아 이름을 경패라 했다. 경패의 용모와 재덕이 뛰어나니 마땅히 짝을 구하기 쉽지 않았다.

하루는 최 부인이 정 소저의 유모를 불렀다.

"오늘은 영부도군의 탄신일이니 너는 향촉을 가지고 자청관에 다녀 오되, 의복감과 다과를 가지고 가서 두 연사께 드려라."

유모가 가마를 타고 많은 물건을 가지고서 자청관에 가니, 두 연사 는 향촉을 받아 삼청전에 공양하고, 또 의복과 다과를 받아 재를 올 렸다. 유모가 자청관을 떠나려는데, 삼청전 서편에서 거문고 소리가 맑게 들려왔다. 유모가 떠나지 못하고 들을수록 좋아 두 연사에게 말 했다.

"제가 최 부인을 모셔 유명한 거문고 소리를 많이 들었지만, 이런 곡조는 듣지 못했습니다. 누가 연주하는 것인지요?"

"며칠 전 초나라 땅에서 젊은 여관이 장안 구경하러 여기 와 머물면 서 이따금 거문고를 타고 있네."

"저희 최 부인이 들으시면 반드시 부르실 것이니, 저 사람을 붙잡아 다른 데로 가지 못하게 해 주십시오."

유모가 거듭 부탁을 하고 간 다음 날 정 사도의 집에서 작은 가마 하나와 시녀 한 사람을 보내어 거문고 탄 여자를 청했다. 양소유가 여도사의 옷차림을 하고 가마에 올라 정 사도의 집으로 갔다. 양소유가 머리를 조아려 최 부인에게 인사를 하니, 최 부인이 자리를 내주며 말했다.

"어제 집안의 계집종이 자청관에 갔다가 신선의 음악을 듣고 돌아와 말하기에 한번 보고자 했는데, 이제 여관의 맑은 거동을 보니 더럽고 인색한 마음이 싹 사라지는구려."

"정처 없이 다니는 여자의 천한 재주를 좋게 보아 불러 주시니 영광입니다. 저는 일찍이 남전산에서 이인을 만나 여러 곡조를 전수받았는데, 모두 옛사람의 소리라서 오늘날 듣기에는 적합하지 않을 것입니다."

부인이 시녀에게 양소유의 거문고를 가져오게 해서 보고는 칭찬했다.

"참 좋군요."

"이것은 용문산 아래에서 벼락에 꺾어진 지 백 년 묵은 오동나무라서 굳기가 금석 같습니다. 비록 천금을 준다 해도 바꾸지 않을 겁니다."

● **영부도군**(靈符道君) 도교에서 말하는 신선 가운데 하나.
● **삼청전**(三淸殿) 도교에서 신선이 산다는 옥청(玉淸), 상청(上淸), 태청(太淸)의 세 궁(宮)을 아울러 이르는 말.
● **여관**(女冠) 도교에서, 여자 도사를 이르는 말.
● **이인**(異人) 재주가 신통하고 비범한 사람.

한참을 이야기하는데도 정 소저가 나오지 않자, 양소유는 마음이 조급해 최 부인에게 말했다.

"제가 비록 옛 소리를 배웠지만 옳고 그른 줄은 알지 못합니다. 자청관에서 들으니 정 소저가 총명하고 영특해서 곡조를 잘 감상한다더군요. 천한 재주를 시험하여 가르침을 들었으면 합니다."

이에 부인이 정 소저를 나오게 했다. 향기로운 바람과 함께 옥구슬 소리가 맑게 울리더니 드디어 정 소저가 최 부인 곁에 앉았다. 양소유가 눈을 가다듬어 바라보니 태양이 아침에 솟아오른 듯, 연꽃이 물이 비낀 듯 눈이 어지럽고 정신이 아찔했다.

양소유가 좀 더 가까운 곳에서 정 소저를 보고 싶어 최 부인에게 청했다.

"여기가 너무 넓어 정 소저가 자세히 듣지 못할까 걱정입니다."

최 부인이 자리를 앞으로 옮기게 했다. 양소유가 거문고를 안고 〈예상우의곡〉을 연주하니 정 소저가 칭찬하여 말했다.

"참으로 아름다운 곡조입니다. 태평스러운 기상이 느껴집니다. 이번에는 옛 가락을 들려주시오."

양소유가 다시 한 곡을 타니 정 소저가 말했다.

"역시 아름답지만, 즐거우면서 음란하고, 슬픔이 지나칩니다. 이 〈옥수후정화〉는 망국의 소리니, 다른 것을 들려주시오."

양소유가 다시 한 곡을 타니 정 소저가 말했다.

"아름답소. 기뻐하는 듯하고, 슬퍼하는 듯하고, 생각하는 듯하군요. 이 〈호가십팔박〉은 비록 들음 직하지만 절개를 잃은 부인의 부끄러움이 느껴지니, 이제 다른 곡을 타 보시오."

양소유가 또 한 곡을 타니 정 소저가 말했다.

"〈출새곡〉이로군요. 임금을 그리워하고 고향을 생각하며 신세를 슬퍼하면서 원망하는 등 여러 불평의 뜻이 한 곡에 모여 있으니, 오랑캐 계집의 노래로 좋은 곡이 아닌 것 같소."

양소유가 또 한 곡을 타니, 정 소저가 얼굴빛을 다시 하며 말했다.

"여관은 보통 사람이 아니오. 이 곡은 영웅이 때를 만나지 못하였을 적에 마음을 자연에 맡겨 방탕한 가운데에서도 충의의 기운을 머금고 있으니, 〈광릉산〉이 아니오? 대단하오."

양소유가 또 한 곡을 타니, 정 소저가 말했다.

"아아, 아름답소이다. 높은 산이 우뚝하고, 흐르는 물이 넓고 넓어 신선의 자취가 속세를 뛰어넘었으니, 이것은 〈수선조〉가 아니오?"

양소유가 또 한 곡을 타니, 정 소저가 옷매무새를 가다듬고 말했다.

---

* **예상우의곡(霓裳羽衣曲)** 당나라의 악곡 이름으로, 본래 서량(西涼)에서 전해진 것을 현종이 가사를 짓고 윤색하여 이름을 붙였다.
* **옥수후정화(玉樹後庭花)** 남북조 시대 악곡의 이름으로, 진후주(陳後主)가 재상들과 함께 주색에 빠져 노닐 때 이루어진 악곡.
* **호가십팔박(胡笳十八拍)** 옛날 채문희가 오랑캐 땅으로 잡혀가 이십 년을 지내는 동안 아들 둘을 낳았는데, 조조에 의해 구출되어 나올 때 자식들과의 이별의 슬픔을 이기지 못해 지은 악곡.
* **출새곡(出塞曲)** 전한(前漢) 원제(元帝)의 비인 왕소군(王昭君)이 흉노로 끌려갈 때 시름을 이기지 못해 지은 악곡.
* **광릉산(廣陵散)** 진(晉)나라 때 죽림칠현의 한 사람인 혜강이 낙서(洛西)에서 놀다가 날이 저물자 화양정에 머물며 거문고를 탔는데, 갑자기 한 나그네가 찾아와 들려준 악곡.
* **수선조(水仙操)** 백아가 성련 선생에게서 거문고를 배웠지만 이루어지지 않자, 성련 선생을 따라 봉래산에 이르러 성련의 스승에게서 전수받은 악곡.

"성인이 난세에 백성을 건지고자 하니, 공자님이 아니시면 누가 능히 이 곡을 지을 수 있겠소. 이는 바로 〈의난조〉군요."

양소유가 또 한 곡을 타자, 정 소저가 말했다.

"아까 〈의난조〉는 비록 큰 성인께서 천하를 건지시는 마음에서 나왔지만 아직 때를 만나지 못했는데, 이 곡은 높고 크고 넓어 가히 뭐라고 표현하기 어려우니, 아마도 〈남훈곡〉이 아닌가 하오. 지극히 높고 너무도 아름다워 이보다 더 고상한 곡조가 없을 테니, 다른 곡이 있어도 더 듣고 싶지 않소이다."

"음악의 가락이 아홉 번 변하면 하늘에서 신선이 내려온다고 합니다. 지금까지 탄 것이 여덟 곡이니 아직 한 곡이 남았습니다."

양소유가 다시 거문고를 타니 은은한 곡조가 사람의 마음을 흥분시켜 정원의 온갖 꽃봉오리가 벌어지고, 제비와 꾀꼬리 들이 날아와 춤을 추었다. 정 소저가 푸른 눈썹을 내려뜨려 오래토록 말이 없다가 눈을 들어 양소유를 바라보고는 옥 같은 보조개에 붉은 기운이 번지더니, 곧장 몸을 일으켜 안으로 들어가 버렸다.

양소유가 놀라 거문고를 밀치고 일어서서 오랫동안 정신을 차리지 못하자, 최 부인이 앉게 하고 방금 연주한 곡이 무엇인지 물었다.

"스승에게서 전해 듣기는 했지만 이름은 알지 못하니, 정 소저의 가르침을 바랍니다."

징 소저가 오래도록 나오지 않사 최 부인이 시녀를 시켜 물어보니, 마침 감기가 들어 편치 못하다 했다. 양소유는 혹시 정 소저가 눈치채지 않았을까 마음을 졸여 오래 있지 못하고 물러났다.

정 소저에게는 가춘운이라는 시녀가 있었다. 그녀의 아버지는 서촉 사람으로 정 사도 집을 많이 도와주었는데, 병으로 죽자 열 살 난 가춘운은 의지할 데가 없었다. 정 사도 부부가 그녀를 가엾게 여겨 집안에 두어 정 소저와 함께 놀게 했다. 정 소저와 동갑인 가춘운은 용모도 수려하여 아름다운 자태를 지녔을 뿐 아니라 시 짓는 재주와 바느질 솜씨도 뛰어났다. 게다가 정 소저가 좋아해서 잠시도 곁을 떠나지 못하게 하니, 주인과 시녀 사이였지만 친자매 같았다.

양소유의 거문고를 듣다 말고 자기 방으로 돌아온 정 소저는 얼굴을 붉히며 가춘운에게 말했다.

"내 평생 몸가짐을 조심해서 대문 밖을 나서지도 않아 친척들도 내 낯을 본 적이 없는 것은 너도 잘 알 게다. 그런데 하루아침에 간사한 자에게 씻기 어려운 모욕을 당하였으니, 앞으로 무슨 낯으로 사람을 대할 수 있겠나?"

가춘운이 깜짝 놀라 그 이유를 물었다.

"아까 왔던 그 여관이 용모가 빼어나게 아름답고, 연주한 곡들이 모두 세상에 없는 바였다. 처음엔 〈예상우의곡〉을 연주하고 다음으로 〈남훈곡〉을 타더구나. 내가 한 곡 한 곡 평가하다가 이제 그만하라고 했는데도, 굳이 한 곡이 더 남아 있다고 하고는 새로운 곡을 연주하

• **의난조(倚蘭操)** 공자가 위나라에서 노나라로 돌아와 어느 골짜기에서 향내 나는 난초가 여러 잡초에 섞여 홀로 무정함을 보고 거문고를 타며, 자신이 시대를 못 만났음을 탄식해서 지은 악곡.
• **남훈곡(南薰曲)** 순임금이 오현금을 만들어 직접 탔다는 악곡으로, 〈남훈태평가〉라고도 한다.
• **서촉(西蜀)** 고대 중국의 진(秦)나라 서쪽에 속해 있던 지명.

더구나. 사마상여가 탁문군을 희롱하던 〈봉구황〉이었어. 좀 이상해서 다시 쳐다보니 용모와 행동이 아무래도 여자하고는 좀 다르더군. 간사한 남자가 남의 처녀를 엿보려고 여자로 변장을 하고 들어왔던 게야. 규중의 처자로서 외간 남자와 말을 섞었으니, 이를 어쩌면 좋단 말이냐?"

하루는 밖에 나갔던 정 사도가 들어와 새로 뽑힌 과거 급제자의 명단을 최 부인에게 보이며 말했다.

"이번에 새로 붙은 급제자 중에 경패의 배필감이 될 만한 인물이 있을까 봤는데, 양소유라는 사람이 눈에 띄는구려. 회남 사람이고 나이는 십육 세로, 지은 시를 여러 시관이 칭찬하지 않는 사람이 없으니 인재임이 분명합니다. 들어보니 용모도 빼어나게 아름답고 아직 장가

들지 않았다 하니, 이 사람을 사위로 삼으면 좋겠소."

"그렇더라도 용모를 한번 보고 결정하는 것이 옳겠습니다."

정 소저가 방에 돌아와 정 사도의 말을 춘운에게 전했다.

"지난번 거문고를 타던 사람이 스스로 회남 사람이라 하고 나이가 십육칠 세쯤 된다 했는데, 그 사람이 의심스럽구나. 아버님이 말씀하신 사람이 그러면 반드시 우리 집에 올 것이니, 너는 그때 잘 봐 두거라."

"그 사람을 못 보았는데, 제가 어찌 알겠습니까? 소저께서 문 안에서 직접 엿보면 될 것 같습니다."

과거에서 연거푸 장원을 한 양소유는 한림학사가 되었다. 그 명성이 장안에 자자해 딸 가진 집에서 구혼하는 사람들이 구름같이 몰려들었지만, 양소유는 모두 물리치고 구혼하는 글을 소매에 넣고 정 사도를 찾아갔다. 양소유가 머리에 어사화를 꽂고 풍악을 울리면서 정 사도 집 문에 다다르니, 정 사도가 기뻐하며 술상을 차려 오게 했다.

술상을 들고 들어갔다 나온 시녀에게 가춘운이 물었다.

"오늘 오신 장원 급제한 분이 지난번 와서 거문고를 타던 여관의 외사촌이라던데, 얼굴이 닮았더냐?"

"그렇습니다. 세상에 외사촌 형제 모습이 어떻게 그리도 비슷한지요……"

---

* **봉구황(鳳求凰)** 한나라의 미인 탁문군이 과부가 되어 있을 때, 사마상여가 그녀의 마음을 끌기 위해 지었다는 거문고 악곡.
* **한림학사(翰林學士)** 당나라 때, 한림원에 속하여 조서(詔書)의 기초를 맡아보던 벼슬.
* **어사화(御賜花)** 문무과에 급제한 사람에게 임금이 내리던, 종이로 만든 꽃.

가춘운이 정 소저에게 말을 전하고 있는데, 최 부인이 정 소저를 불렀다.

"양 장원은 정말 재주 있는 사람이다. 너의 부친이 이미 정혼을 하였구나. 이제 우리 부부는 늙어 의지할 곳을 얻었으니 마음이 놓이는구나."

"시녀의 말을 들으니, 양 장원의 얼굴이 지난번 거문고를 탄 여관과 비슷하다는데 사실인지요?"

"그렇더구나. 여관의 모습이 뛰어나 내가 잊지 못하여 다시 사람을 시켜 부르려 했는데, 양 장원의 얼굴이 그와 다르지 않으니 얼마나 반가운지 모르겠더구나."

"양 장원이 비록 훌륭하지만, 좀 꺼려지는 바가 있습니다."

"이상하구나. 너는 깊은 규방 처녀고, 양 장원은 회남 사람이어서 본 적이 없는데, 무슨 꺼림이 있다는 것이냐?"

"부끄러워서 차마 어머님께 말씀드리지 못했는데, 지난번 온 여관이 바로 양 장원입니다. 여자로 변장을 하고 거문고를 타면서 제 얼굴을 보려 했던 것입니다. 그 간계에 빠져서 한나절을 서로 말을 섞었으니, 어찌 꺼림이 없겠습니까?"

최 부인이 깜짝 놀라고 있는데, 정 사도가 양소유를 보내고 두 눈에 희색이 넘쳐 들어오면서 말했다.

"오늘 훌륭한 사위를 얻었으니 얼마나 좋은지 모르겠다."

최 부인이 말했다.

"경패의 뜻은 우리 부부와 좀 다릅니다."

이어 정 소저의 말을 전하니, 정 사도는 오히려 더욱 기뻐하며 크게 웃고 말했다.

"양장원은 정말 풍류 있는 사람이구나. 숙녀를 얻기 위해 잠시 여자 복장을 한 것인데, 무슨 해로움이 있느냐?"

정 사도가 길일을 택하여 양소유에게서 혼인 예물을 받았다. 그 뒤로 양소유는 정 사도 집의 별당에 살면서 사위의 예를 다했다.

소설 《구운몽》을 그림으로 그리다

《구운몽》은 당시에 대단히 인기 있는 소설이었습니다. 붓으로 쓴 것뿐 아니라 나무에 새긴 것, 그리고 활자로 찍은 것 등 다양한 이본이 계속 만들어진 것만 보아도 알 수 있지요. 양반이 읽던 소설에서 시작된 이야기는 나중에 서민에게까지 퍼져 나갔습니다. 그 증거 중의 하나가 〈구운몽도〉입니다. 〈구운몽도〉는 《구운몽》을 그린 민화입니다. 물론 《구운몽》 중에서도 특징적인 일부 대목만 묘사하고 있지요. 민화란, 서민의 생활 모습이나 민간 전설 등을 소재로 하여 무명의 화가가 그린 그림을 말합니다. 〈구운몽도〉는 다른 민화와 마찬가지로 다양한 취향과 수준을 보여 줍니다. 어떤 것은 고급스러운 중국풍을 보여 주고, 어떤 것은 소박하고 정겨운 우리의 삶을 보여 주지요.

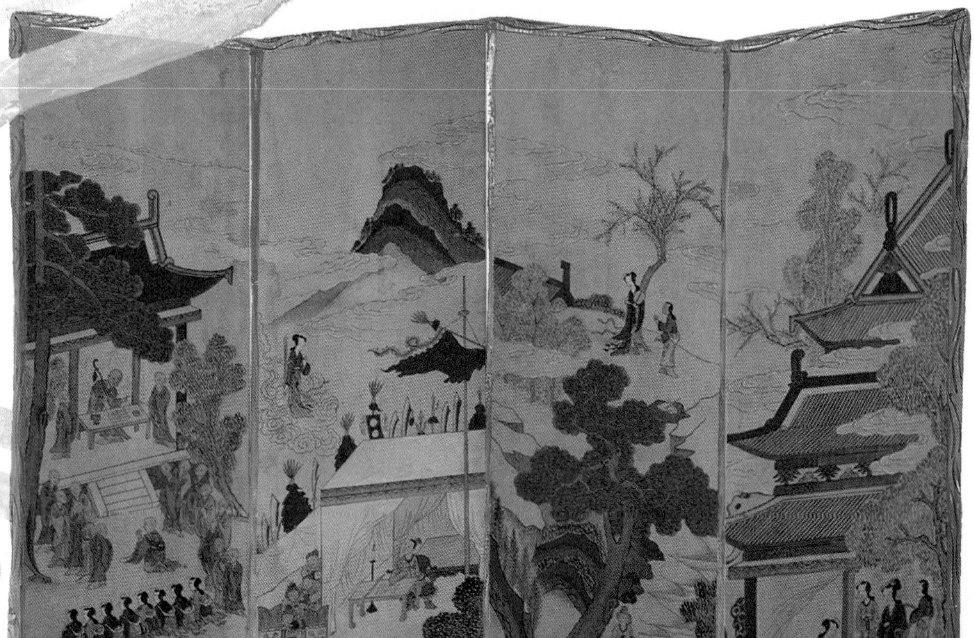

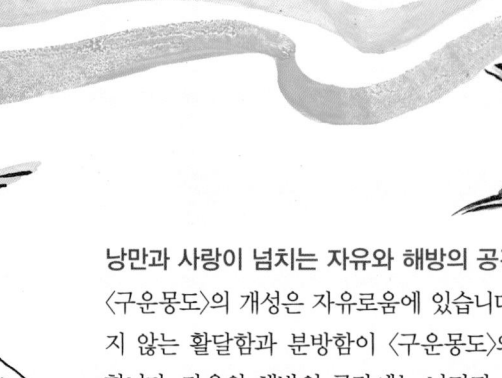

낭만과 사랑이 넘치는 자유와 해방의 공간을 그리다

〈구운몽도〉의 개성은 자유로움에 있습니다. 어디에도 얽매이
지 않는 활달함과 분방함이 〈구운몽도〉와 《구운몽》의 정신이기도
합니다. 자유와 해방의 공간에는 낭만과 사랑이 있습니다. 낭만과 사랑은 다양한 예술
과 연결되어 있습니다. 시는 물론이고 거문고, 퉁소, 피리로 연주한 음악, 그림, 자수 같
은 시각 예술 등 생각할 수 있는 모든 예술 장르가 활용되고 있습니다. 여기에 신선을
그리워하는 취미와 꿈속을 거니는 듯한 묘사는 그 낭만을 더욱 강렬하게 만들어 줍니
다. 《구운몽》에서 양소유가 퉁소를 부니 청학이 날아들고, 꿈속에서 다시 꿈으로 들어
가는 등의 신비롭고 환상적인 장면은 참으로 매력적인 설정입니다. 〈구운몽도〉에는 이
러한 낭만이 넘쳐 납니다.

〈구운몽도〉, 경기대박물관 소장.

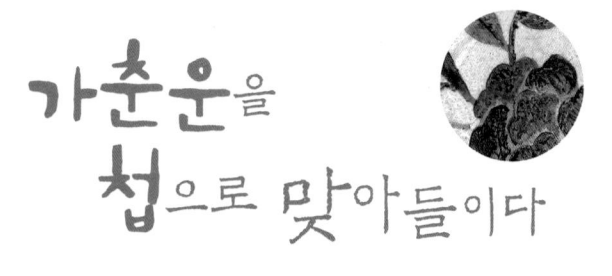

가춘운을 첩으로 맞아들이다

어느 날 양 한림의 점심을 준비하고 있던 최 부인을 보고 정 소저가 말했다.

"양 한림이 우리 집에 온 뒤로 어머니가 의복과 음식을 장만하시느라 많이 힘드시죠? 마땅히 소녀가 해야 하지만, 혼인도 하기 전에 미래의 남편을 위해 그러는 건 도리가 아닐 겁니다. 제 생각에는 춘운을 화원에 보내어 양 한림을 보살피게 하는 게 좋을 듯합니다만……."

"그 아비가 우리 집에 공로가 있고 그 애의 사람됨이 또 남보다 빼어나 상공께서 늘 어진 배필을 구해 주려 하셨는데, 만일 너를 따르게 한다면 그건 그 애가 원치 않을 게다."

"그 애의 뜻은 소녀를 떠나지 않는 것입니다."

"신행길 따라가는 일은 흔히 있는 일이지만, 춘운의 재주와 모습이

출중하니 너와 함께 가게 하는 것은 마땅치 않은 것 같구나."

이렇게 이야기를 나누고 있을 때, 정 사도가 들어왔다. 최 부인이 소저의 말을 전한 뒤 말했다.

"혼인 전에 첩을 보내는 것은 마땅치 않습니다."

정 사도가 말했다.

"춘운의 재모가 딸아이와 비슷하고, 또 서로 좋아하니 떨어지지 않게 하는 것이 마땅할 듯하고, 이미 함께 시집갈 바에야 앞뒤가 무슨 상관이 있겠소. 춘운을 먼저 보내어 양랑의 적막함을 위로하는 것도 좋지만, 혼인 전이니 어찌하면 좋을지 모르겠소이다."

정 소저가 꾀를 내어 말했다.

"양 한림이 저를 속인 분풀이를 하고자 하니, 십삼 형에게 이리이리 하라 하십시오."

정 사도의 조카 중에 십삼랑이란 사람이 있는데, 아주 어질고 호탕하며 익살을 잘하여 양소유가 좋아했다.

정 소저가 방에 들어가 춘운에게 말했다.

"너와 의논할 일이 있다. 양랑이 거문고 곡조로 나를 속인 것은 씻기 어려운 수치니, 네가 좀 풀어 주어야겠다. 너의 결혼을 가장하고 십삼랑과 더불어 이리저리하면 양랑을 속일 수 있을 것이다."

한림은 한가한 벼슬이어서, 양소유는 일이 없으면 친구들과 술을

• 십삼 형(十三兄) 정 사도의 조카인 정십삼(鄭十三)을 아랫사람이 높여 부르는 말이다. 이하에는 모두 십삼 랑이라고 한다.

마시거나 성 밖으로 나가 꽃구경을 하기도 했다.

하루는 십삼랑이 찾아와 양소유에게 말했다.

"성남 멀지 않은 곳에 산수가 아주 빼어난 곳이 있는데, 함께 구경 갑시다."

둘은 술병을 차고 맑은 시내를 따라 십여 리를 올라가 소나무 숲 아래에서 술잔을 주거니 받거니 했다. 당시는 봄과 여름 사이라, 산꽃이 어지러이 떨어져 물결을 따라 내려와 마치 무릉도원 같았다.

십삼랑이 말했다.

"이 물은 자각봉에서 내려오는데, 꽃 피고 달 밝은 밤엔 신선의 음악 소리가 난답니다. 오늘 함께 찾아가 보고 싶소."

양소유도 꼭 가고 싶어졌다. 그때 갑자기 십삼랑의 집 종이 급히 달려와 알렸다.

"낭자께서 병이 나셔서 낭군을 부릅니다."

십삼랑이 급히 떠나며 말했다.

"형과 함께 선경에 가 볼까 했는데 집안일로 돌아가게 되니, 나는 신선이 될 인연이 없나 봅니다."

양소유는 외로웠지만 흥이 식지 않아서 물을 따라 점점 들어갔다.

그때 갑자기 물에 계수나무 잎이 떠내려와 건져 보니, '신선의 개 구름 밖에서 짖으니, 아마

양랑이 오는가 보다.' 하는 시구가 적혀 있었다.

양소유가, '이 위에 어찌 인가가 있겠고, 이 시가 어찌 보통의 시겠는가.' 하고 여기며 서동의 만류에도 더욱 깊이 들어갔다. 십 리를 더 들어가니 날은 이미 저물어 달빛을 따라갔지만, 잘 곳을 얻지 못하여 당황했다. 십여 세 된 푸른 옷의 나이 어린 여자아이가 물가에서 옷을 씻다가 양소유를 보자 급히 돌아가며 외쳤다.

"낭자! 낭군께서 오십니다."

양소유가 이상히 여겨 수십 걸음을 더 들어가니, 시냇가에 깨끗하고 정갈한 작은 정자가 있었다. 한 여인이 달빛을 받으며 푸른 복숭아 꽃 아래에 서 있다가 양소유를 보고 정중히 예를 갖추었다.

● **무릉도원(武陵桃源)** 도연명의 《도화원기(桃花園記)》에 나오는 말로, '이상향', '별천지'를 비유적으로 이르는 말.

"양랑께서는 어찌 이리 늦게야 오십니까?"

그 여인은 붉은 비단옷을 입고 비취 비녀를 꽂았으며 허리엔 흰 옥으로 된 패물을 찼는데, 정말 선녀 같았다.

"소생은 속세 사람으로, 만나자는 약속도 없었는데, 선녀께서 늦게 왔다고 꾸짖으시니 어찌 된 일인지요?"

"정자 위에 오르시어 조용히 말씀을 나누었으면 합니다."

여인이 양소유를 이끌고 정자에 올라앉았다.

"옛일을 말씀드리려 하니 마음이 슬퍼집니다. 첩은 본래 요지왕모의 시녀였고, 낭군은 옥황상제를 모시던 신선이었지요. 그런데 낭군이 옥황상제의 명령으로 요지왕모를 뵈러 가던 길에 우연히 첩을 만나 신선의 과일을 주며 저를 유혹했지요. 이에 요지왕모께서 노하시어 옥황상제께 아뢰었고, 그 벌로 낭군은 인간 세상에 떨어지고 첩은 이 자각봉에 귀양을 온 것입니다. 이제 기한이 다 되어 돌아가야 하는데, 낭군의 모습을 뵙고 정을 나누고 싶어 선관에게 빌어 하루의 기한을 얻었답니다. 첩은 진정 낭군이 오늘 오실 줄 알았습니다."

밤이 깊어 가자 두 사람은 잠자리로 들어가 사랑을 나누었다. 사랑하는 정을 미처 풀지 못했는데, 새가 지저귀고 동쪽 하늘이 밝아 오니 연인이 일어나 양소유에게 말했다.

"첩은 오늘 요지로 돌아가야 합니다. 선관이 데리러 올 것이니, 빨리 떠나십시오."

여인이 비단 수건에 이별의 시를 써 주니, 양소유도 옷소매를 잘라 내어 이별의 시를 써 주었다. 두 사람은 서로 눈물을 흘리며 헤어졌다.

양소유가 산을 내려오며 묵었던 곳을 바라보니, 새벽 구름이 골짜기에 가득하여 마치 꿈을 꾼 것 같았다.

다음 날 아침 일찍 양소유는 그 여인을 잊지 못해 다시 찾아갔지만, 그곳은 적막하기만 했다. 며칠 뒤 십삼랑이 양소유를 찾아왔다.

"지난번 집사람의 병으로 양 형과 함께 놀지 못하여 한이 남았었는데, 지금 복숭아꽃이 비록 떨어졌다 하지만 성남에 버들 그림자가 매우 좋으니 형과 함께 꾀꼬리 소리를 듣고 싶소."

두 사람이 나란히 말을 타고 성을 나섰다. 수풀이 우거진 곳에 앉아 서로 술잔을 나누다가 양소유가 눈을 들어 보니, 거친 언덕 위에 오래된 무덤이 절반은 무너졌고, 좌우로 꽃과 버드나무가 많이 심어져 있었다. 양소유가 한숨을 쉬며 말했다.

"우리네 인생 마침내 저리로 돌아갈 것이니, 살았을 때 어찌 취하지 않을 수 있겠습니까?"

"이것은 장여랑의 무덤이라오. 장여랑은 대단한 미녀였는데, 스물에 죽으니 사람들이 모두 슬퍼하여 이곳에 묻고 꽃과 버드나무를 심어 주었다오. 우리도 그녀의 무덤에 술을 부어 꽃다운 혼을 위로합시다."

양소유는 본래 정이 많은 사람이라, 무덤에 나아가 술을 뿌리고 옛 일을 슬퍼하며 시를 지어 읊는데, 십삼랑이 무덤 무너진 곳에서 흰 비

---

* **요지왕모(瑤池王母)** '요지'는 중국 곤륜산에 있다는 못인데, 신선이 살았다고 한다. '왕모'는 신녀(神女)인 서왕모(西王母)를 말한다.
* **선관(仙官)** 선경(仙境)에서 벼슬살이를 하는 신선.

단에 시가 쓰여진 것을 찾았다.

"어떤 부질없는 사람이 시를 써서 장여랑의 무덤에 넣었을까?"

양소유가 보니 자신이 소매를 찢어 선녀에게 써 준 시였다. 양소유가 깜짝 놀라 생각했다.

'그때 내가 만난 여인이 장여랑이었구나.'

십삼랑이 잠시 자리를 떠난 사이 양소유는 다시 무덤에 술을 뿌리며 빌었다.

"비록 이승과 저승의 길은 다르지만, 정을 생각해 오늘 저녁 만나기를 바라오."

이날 양소유는 화원에서 밤이 깊도록 선녀를 생각하다가 잠을 이루지 못했다. 그런데 나무 그림자가 창에 가득하고 달빛이 몽롱한 가운데 사람의 발소리가 들리는 듯했다. 창을 열고 보니 수풀 사이에 한 미인이 깨끗이 단장하고 달빛 아래 서 있었다. 자세히 보니 자각봉에서 만났던 바로 그 선녀였다. 양소유가 정을 이기지 못하여 달려들어 손을 이끌고 함께 침실에 들어가자 하니 여인이 사양하여 말했다.

"첩의 근본을 이미 아셨으니 낭군께서는 첩을 싫어하실 겁니다. 첩이 처음 낭군을 만났을 때 바른 대로 아뢨어야 옳았는데, 낭군께서 두려워하실까 염려하여 신선이라고 거짓으로 꾸며 하룻밤 잠자리를 모셨습니다. 낭군께서 오늘 첩의 집을 왕림하여 돌아보시고 술을 뿌려 외로운 혼을 위로해 주시니, 첩이 감격함을 이기시 못해 고마운 뜻을 표할 뿐입니다. 어찌 감히 귀신의 썩은 몸으로 다시 군자를 가까이하겠습니까."

양소유가 타일렀다.

"귀신을 싫어하는 자는 어리석은 사람이오. 사람이 귀신 되고 귀신이 다시 사람이 되는 것이니, 그 둘을 어찌 구별하겠소? 내 뜻이 이러한데 어찌 그대를 버리겠소."

양소유가 그 여인을 이끌고 잠자리에 들어가니 사랑하는 정이 전에 비하여 배나 더했다.

"이후부터는 밤마다 만날 수 있겠소?"

"귀신과 사람이 서로 접하기는 오직 정성에 달려 있으니, 낭군께서 만약 첩을 생각하신다면 첩이 어찌 감히 낭군께 의지하지 않겠습니까?"

종소리가 들리자 여인은 몸을 일으켜 천연스럽게 꽃 수풀 깊은 곳으로 들어가 버렸다.

양소유가 선녀를 만난 뒤로는 아무도 만나지 않고 조용히 화원에 머물면서 선녀를 다시 만나기만 바랐다.

갑자기 화원 문밖에서 말발굽 소리가 나며 두 사람이 들어오는데, 십삼랑이 뒤에 오는 사람을 인도하며 양소유를 보고 말했다.

"이 스승님은 태극궁의 두 진인이신데, 관상을 대단히 잘 보시기에 양 형의 관상을 뵈려 함께 왔소이다."

양소유가 두 진인에게 말했다.

"'군자는 복을 묻지 않고 재앙을 묻는다.'고 하니, 선생은 바른대로 이르십시오."

● 진인(眞人) 참된 도(道)를 깨달은 사람, 특히 도교의 깊은 진리를 깨달은 사람을 이른다.

두 진인이 자세히 보다가 한참 만에 말했다.

"양랑의 눈썹이 매우 빼어나 귀 앞머리를 향했으니 벼슬이 삼공에 오를 것이요, 귀 모양이 구슬 같고 희기가 분칠한 듯하니 천하에 이름이 자자할 것이요, 권세의 골격이 얼굴에 가득하니 군병을 잡은 위력으로 사방의 오랑캐를 다스릴 것이요, 만 리나 되는 큰 나라의 제후가 될 것입니다. 다만 횡사할 액이 있군요. 푸른빛이 두 눈썹 사이를 꿰뚫었고, 사악한 기운이 두 눈 밑을 침입해 있습니다. 혹시 어디서 왔는지 모르는 여종을 집 안에 두고 계십니까?"

양소유가 마음속으로 장여랑을 말하는 줄 알았지만, 그녀를 사랑

하는 마음에 그런 일이 없다고 대답했다.

"그러면 혹시 오래된 무덤에서 느낀 바가 있거나, 꿈속에서 귀신을 만난 적이 있습니까?"

"그런 일도 없습니다."

"지금 귀신의 기운이 상공의 몸에 들어가 있습니다. 그것이 사흘 뒤에 골수에 들어가면 상공의 생명은 위험하니, 그때 저를 원망치 마십시오."

"죽고 사는 것과 오래 살고 일찍 죽는 것은 모두 태어날 때부터 정해져 있으니, 내가 부귀영화를 누릴 관상이라면 그까짓 귀신이 나에게 어쩌겠습니까?"

그날 밤에도 양소유는 장여랑이 오기를 기다렸지만, 밤이 깊도록 여인은 오지 않았다. 하는 수 없이 촛불을 끄고 자려 하는데, 창밖에서 장여랑의 울음소리가 들려왔다.

"낭군이 요사스러운 도사의 부적을 머리 위에 감추어 두셨으니, 첩은 감히 가까이하지 못하겠습니다. 이제 영원히 이별할 수밖에 없겠습니다."

양소유가 놀라 문을 열고 보니 아무도 없었다. 머리를 만져 보니 상투 속에 뭔가가 있어 열어 보니 귀신 쫓는 부적이었다.

● **삼공**(三公) 중국, 한국, 일본 등의 동아시아 나라에서 근대 이전에 세 개의 최고위 대신 (大臣)의 직위를 나타냈던 말.

양소유는 몹시 화가 났다. 한편으로는 속은 게 분했고, 한편으로는 장여랑에 대한 그리움이 더욱 심해졌다.

하루는 정 사도 내외가 술과 안주를 차려 놓고 양 한림을 초대하여 정담을 나누는데, 정 사도가 말했다.

"양랑의 몸이 요사이 어찌 이리도 야위었는가?"

"십삼랑과 연일 술을 마셨더니 그리 된 것 같습니다."

이때 마침 십삼랑이 들어왔다. 양소유가 화가 난 눈으로 쏘아보자, 십삼랑이 물었다.

"양 형이 근래 벼슬에 바빴는가? 심사가 좋지 못하신가? 고향 생각으로 괴로웠는가? 술을 과도하게 마셨는가? 용모가 어찌 이리 초췌하고, 어찌 그리 쓸쓸해 보이시오?"

그때 정 사도가 양소유에게 물었다.

"집안 종들이, '양랑이 어떤 여자와 화원에서 이야기를 나눈다.'고 하는데, 사실인가?"

"화원에 어찌 왕래하는 사람이 있겠습니까. 전한 사람이 잘못 보았습니다."

"양 형은 숨기지 마시오. 형이 두 진인의 말을 가로막으며 거동이 수상하기에, 내 두 진인이 준 부적을 형의 상투 속에 감추고 화원 수풀 속에 숨어서 보았소. 그랬더니 어떤 귀신이 형의 창밖에서 울고 가다다. 그런데도 형이 나를 고마워하지 않고 오히려 화를 내니 어이가 없소이다."

양소유가 더 이상 숨기기 어렵게 되자, 정 사도에게 말했다.

"이 일은 실로 이상하니 장인께 모두 고하겠습니다."

양소유는 여자를 만났던 이야기를 낱낱이 말했다.

"장여랑이 비록 귀신이지만 유순하고 정이 많아 사람을 해칠 까닭이 없는데, 십삼랑이 괴상한 부적을 써서 오지 못하게 하니 정말로 한스럽습니다."

정 사도가 크게 웃으며 말했다.

"내 젊어서 도술을 배워 귀신을 부릴 줄 아니, 이제 양랑을 위해 장여랑의 혼을 불러 주겠다."

정 사도는 먼지떨이로 병풍을 치며 말을 이었다.

"장여랑아, 어디 있느냐?"

갑자기 병풍 뒤에서 한 여자가 나오며 웃음을 머금고 최 부인의 뒤에 섰다. 양소유가 보니 분명 장여랑이었다. 양소유는 눈을 번쩍 떠 정 사도와 심삼랑을 보고 한참 있다가 말했다.

"사람이냐? 귀신이냐? 귀신이면 어찌 대낮에 나타나느냐?"

정 사도와 최 부인은 웃음을 참지 못하고, 십삼랑은 너무 웃다 쓰러져 일어나지를 못했다. 정 사도가 말했다.

"내 이제 진실을 말하겠다. 이 여인은 신선도 아니요, 귀신도 아니다. 우리 집에서 경패와 함께 사는 춘운이다. 요사이 양랑이 화원에서 매우 외로울 것 같기에 춘운에게 먼저 모시도록 한 것이라네."

십삼랑이 크게 웃고 말했다.

"좋은 중매를 선 공로에 감사는커녕 오히려 원수를 삼으려 하니, 양형은 정말로 어리석은 사람이오."

양소유도 그제야 속은 줄 알고서 크게 웃었다.

"장인께서 춘운을 내게 보내셨고, 정 형은 중간에서 나를 조롱한 죄가 있을 뿐인데, 무슨 공이 있다 하시오?"

"성인이, '네게서 난 것은 네게로 돌아온다.' 하였소. 양 형이 과거에 누구를 속였는지 생각해 보시오. 남자가 변하여 여자도 되었는데, 여자가 변하여 귀신이 된 것이 어찌 이상하단 말이오?"

양소유가 멍해 있다가 깨닫고는 크게 웃으며 말했다.

"옳소이다. 옳소이다."

양소유는 최 부인에게 사죄했다.

이날 여러 사람이 즐기며 종일토록 술에 취했다. 춘운은 새 신부로 말석에 앉아 있다가 날이 저물자 초롱을 들고 양소유를 모시고 화원으로 돌아갔다.

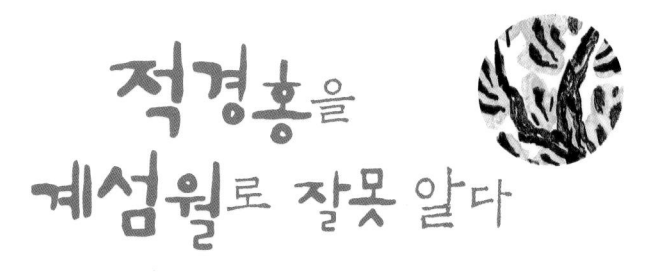

적경홍을 계섬월로 잘못 알다

양소유가 조정에 말미를 얻어 모친 유 부인을 모셔 오려고 했다. 이때 나라에 일이 많고, 토번이 변방을 소란케 하며, 하북의 삼진이 배반했다. 천자가 근심하여 조정에 가득 찬 신하들을 모으고 삼진 정벌을 의논했지만 모두 대책을 내지 못했는데, 양소유가 말했다.

"우선 타이르시는 조서를 내리시어 한 무제가 남월을 제압하셨던 것처럼 하시되, 항복하지 않으면 쳐야 합니다."

* **토번(吐蕃)** 중국 당나라·송나라 때에, '티베트 족'을 이르던 말.
* **하북의 삼진** 하북삼진(河北三鎭). 당나라 말기 변방을 평정하기 위하여 군대를 주둔시키던 번진 중 하북 지방에 근거를 두고 있던 세 세력, 곧 노룡(盧龍), 성덕(成德), 위박(魏博)이다.
* **무제(武帝)** 경제(景帝)의 아들로, 오십사 년간 임금으로 있을 때, 서남이(西南夷), 동월(東越), 남월(南越)을 평정하고 조선을 복속시켰다.
* **남월(南越)** 중국 광동과 광서 지방에 있었던 나라.

이에 천자가 양소유에게 조서를 쓰게 하니, 글이 샘물 용솟음치듯 하고 붓 휘두름이 바람 같았다. 순식간에 조서를 받들어 올리니 천자가 크게 기뻐하여 말했다.

"이 글이 은혜와 위엄을 갖추어 미친 도적이 반드시 굴복할 것이다."

조나라와 위나라는 조서를 받고 두려워 왕호를 없애고 사죄하면서 각각 비단 만 필과 말 천 필을 바쳤지만, 연나라 왕은 땅이 멀고 군병이 강하다고 믿고는 항복하지 않았다. 이에 천자는 양소유를 연왕에게 보내어 먼저 설득해 보고, 그래도 말을 듣지 않으면 군사를 보내어 치기로 했다.

양소유가 여러 날 만에 낙양에 이르렀다. 그가 십육 세 서생으로 베옷과 절룩거리는 나귀로 지나던 땅을, 불과 일 년 뒤에 임금의 명령을 받든 사신이 되어 지나게 되었다. 낙양 현령이 길을 정돈하고 하남의 사또가 앞을 안내하니, 광채가 온 길에 비치어 구경하는 사람들이 신선 같다고 했다.

양소유가 서동을 시켜 계섬월의 소식을 물으니, 마을 사람들이 말했다.

"지난봄 어느 먼 지방의 상공이 와서 자고 간 뒤로 병이 들어 손님을 접대하지 않고, 관가의 잔치에 여러 번 불러도 응하지 않으며, 거짓으로 미친 체하여 도사의 옷을 입고 정처 없이 다녀 있는 곳을 알지 못합니다."

양소유가 매우 슬퍼하며 벽 위에 시 한 수를 써 놓고 길을 떠났다.

부윤이 모든 기생에게 묻고 방을 붙여 계섬월을 찾은 뒤, 양소유가 다시 돌아올 때를 기다렸다. 양소유가 연나라에 이르니 먼 땅 사람들이 그와 같은 풍채를 일찍이 본 적이 없어서, 가는 곳마다 수레를 세워 길을 메웠다. 양소유가 연왕을 만나 항복할 것을 설득하니, 연왕이 기가 꺾여 진심으로 복종하고 다시는 반란을 일으키지 않겠다고 다짐했다.

양소유가 서쪽으로 십여 일을 가다가 한단 땅에 이르니 한 소년이 말을 타고 가다가 양소유를 보고 말에서 내렸다.

양소유가 소년을 보니 용모가 대단히 수려하여, '내가 여러 곳을 두루 다녔지만, 저렇게 아름다운 소년은 본 적이 없었다. 반드시 재주 있는 사람일 것이다.' 하고 생각하고, 그를 불러오게 했다. 양소유가 숙소에 이르자 소년이 들어와 뵈니, 크게 기뻐하며 성명을 물었다.

"소생은 북방 사람으로, 성은 적이요, 이름은 백란입니다. 궁벽한 시골에서 자라나 스승과 벗이 없어서 문무를 모두 이루지 못했지만, 마음만은 저를 알아주는 사람을 위해 목숨을 바치겠다는 다짐을 해 왔습니다. 거두어 주셔서 고맙습니다."

"같은 소리는 서로 응하고, 같은 기운은 서로 구하는 법이니, 두 사람의 뜻이 이미 같으니 좋은 일이다."

이 뒤로 적백란과 고삐를 나란히 하고 함께 가니 먼 길의 괴로움을 잊어버렸다. 양소유가 낙양에 이르러 천진교 주막을 지나면서 옛일을

• **현령**(縣令) 중국 진(秦)나라 때 현의 인구가 일만 명 이상일 경우 두었던 수령.
• **한단**(邯鄲) 화북 평원 서쪽의 다소 높은 대지 위에 있으며, 북경에서 하남성 정주와 낙양으로 가는 중요한 남북 간 노선상에 있다.

생각하는데, 누각 위에서 주렴을 걷고 바라보는 여인이 있었다. 계섬월이었다. 두 사람은 서로 기뻐할 뿐, 함께 말을 나누지 못했다. 양소유가 숙소에 이르니, 계섬월이 이미 와서 기다리고 있었다. 계섬월이 한편으로는 기뻐하고 또 한편으로는 슬퍼하면서 이별 뒤의 일을 이야기했다.

"상공께서 떠나신 뒤에 여러 잔치에서 이리저리 시달려 괴로움을 많이 당했고, 치욕을 얻은 것이 적지 않아 머리를 깎고 질병을 핑계하였습니다. 겨우 모면하여 성중을 피하고 산골짜기에 깃들었는데, 현령이 직접 첩의 집에 와서 지난번 상공께서 첩을 생각하시는 시를 지으셨다는 말과 함께 집으로 돌아갈 것을 간곡히 청하였습니다. 상공께서 장원 급제로 한림학사가 되신 줄을 첩은 이미 알았지만, 부인은 얻으셨는지요?"

"비록 정식으로 예를 갖추지 않았지만, 정 소저의 재주와 모습은 자네가 한 말과 같으니, 어진 중매의 은혜를 어찌 다 갚을 수 있겠는가?"

양소유가 이날 계섬월과 옛정을 나누고는 즉시 떠나지 않고 하루 이틀을 더 머물렀다. 계섬월을 만난 뒤 며칠간 적생을 보지 못했는데, 서동이 가만히 양소유에게 말했다.

"적생은 좋은 사람이 아닙니다. 섬 낭자와 사람 없는 곳에서 서로 희롱하고 있습니다."

양소유가 서동을 따라가 보니 두 사람이 작은 담을 사이에 두고 손을 잡고 희롱하고 있었다. 양소유가 가까이 가서 그 말을 들어 보려 하자, 적백란은 인기척에 놀라 달아났고, 계섬월은 양소유를 보고 매우 부끄러워했다.

"이전부터 적생과 서로 친하였는가?"

"아닙니다. 적생의 누이가 첩과 친한 까닭에 소식을 물었던 것입니다. 첩이 창루에서 자라 남녀를 멀리하지 않고 서로 손을 잡고 밀담을 나누어 상공께 의심을 받았으니, 첩의 죄 만 번 죽어 마땅합니다."

● 창루(娼樓) 몸을 파는 기생인 창기를 두고 영업을 하는 집.

"나는 섬랑을 의심치 않으니 꺼려하지 말라."

양소유는, '적생이 나이 어려 나를 보기가 어려울 것이니, 불러 위로하리라.' 하고 생각하고 사람을 시켜 적백란을 청했지만, 그가 간 곳을 알 수 없었다. 양소유가 뉘우치면서 사람을 시켜 사방으로 찾게 했지만 소용이 없었다.

이날 밤 양소유가 계섬월과 옛이야기를 하면서 술에 취했다. 촛불을 끄고 잠자리에 나아가니 사랑하는 마음이 더욱 깊이 맺혔다. 아침 햇빛이 동쪽 창을 비친 뒤, 양소유가 머리를 들어 보니 계섬월이 먼저 일어나 거울을 보고 연지와 분을 바르고 있었다. 그런데 자세히 보니 푸른 눈썹과 맑은 눈, 구름 같은 머리와 꽃 같은 보조개, 그리고 가는 허리와 나약한 모습은 계섬월과 비슷해 보였지만, 계섬월이 아니었다. 양소유가 깜짝 놀라 누군지 물었다.

"저는 패주 사람으로, 이름은 적경홍입니다. 오래전 섬랑과 의형제를 맺었는데, 지난밤 섬랑이 와서 첩에게 자신은 병이 들어 상공을 모시기 어려우니 저더러 대신 모시라고 했습니다."

그때 계섬월이 들어와 양소유에게 말했다.

"상공께서 새 신부를 얻으신 것을 축하합니다. 첩이 몇 년 전에 적경홍을 추천했는데, 과연 첩의 말씀이 어떠합니까?"

그제야 적백란이 적경홍임을 안 양소유는 크게 웃으며 말했다.

"한단의 길에서 나를 따라온 사람도 적경홍이요, 서쪽 행랑에서 섬랑과 희롱하던 사람도 적경홍이었던 게로군. 그런데 남복을 하고 나를 속인 이유는 무엇인가?"

"천첩이 어찌 감히 상공을 속이겠습니까. 첩이 비록 비천하지만 항상 군자를 좇고자 했는데, 연왕이 첩의 이름을 잘못 듣고 명주 한 섬으로 첩을 궁중에 가두어 뒀으나, 입은 진미를 싫어하고 몸은 비단옷을 싫어했으니, 그것은 첩의 소원이 아니었기 때문이었습니다. 마음속 괴로움이 외로운 새가 새장에 들어 있는 것과 같았습니다.

저번에 연왕이 상공을 청해서 궁중에서 잔치를 열 때, 첩이 우연히 주렴 속에서 엿보니 상공께서는 제가 평생 늙도록 따르고자 하던 바로 그분이었습니다. 상공께서 연왕을 떠나실 때 즉시 도망해 따라가고자 했으나 연왕이 알아채고 따라올까 두려워, 상공께서 떠나신 지 열흘을 기다린 다음 연왕의 천리마를 몰래 훔쳐 타고 이틀 만에 한단에 도착한 즉시 상공께 실상을 고하려 했습니다. 그러나 폐를 끼칠까 해서 차마 고하지도 못했던 것입니다. 이제 첩의 소원이 이미 이루어졌으니, 섬랑과 함께 살면서 상공께서 부인을 얻으실 때를 기다려 서울에 가 축하드리겠습니다."

이날 두 미인과 함께 밤을 지내고 떠나면서 양소유는 가정을 꾸린 뒤 다시 데리러 오겠다고 약속을 했다.

양소유가 장안에 이르러 천자께 아뢰니, 천자가 양소유의 공을 표창하여 한림학사에 더해 예부 상서의 벼슬을 내리고 많은 상도 내려 주었다.

● 행랑(行廊) 대문의 양쪽이나 문간에 붙어 있는 방.
● 예부 상서(禮部尙書) 예의(禮儀), 제향(祭享), 과거(科擧)에 관한 일을 맡아본 관청인 예부의 우두머리 벼슬.

진채봉이 통곡을 하다

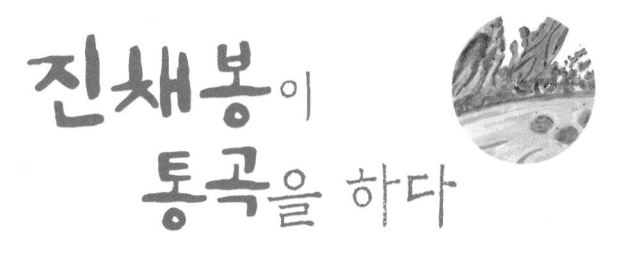

양소유가 한림원의 관리들을 불러 술잔을 기울이며 푸른 옥으로 된
통소를 내어 여러 곡을 연주하니, 그 맑은 소리가 하늘 높이 올라갔
다. 이때 청학 한 쌍이 궁중에서 날아와 곡조에 맞춰 배회하며 춤을
추었다. 이때 황 태후에게는 아들 둘과 딸 하나가 있었는데, 지금의
임금과 월왕과 난양 공주가 그들이었다. 공주가 태어날 때, 태후가 꿈
속에서 신선의 꽃과 붉은 진주를 보았다. 공주가 자라면서 용모와 기
질이 신선 같아 세속의 태도는 한 점도 없고, 문장과 솜씨가 남들보다
뛰어났다.

어느 날 공주가 꿈에서 선녀를 만나 통소 한 곡소를 배웠는데, 세상
사람 중에서는 그 곡조를 아는 이가 없었다. 공주가 통소를 불면 학
들이 내려와서 춤을 추었다.

하루는 공주가 달빛 아래에서 퉁소를 불어 청학 한 쌍을 길들이고 있었는데, 곡조가 끝나자 학들이 양소유가 거처하는 옥당으로 날아갔다. 그걸 보고 대궐 사람들이, "양 상서도 퉁소를 불어 하늘의 학을 내려오게 하는데……." 하고 말했다. 천자가 이 말을 듣고 공주와 양소유가 인연이 있다고 생각해 태후를 뵙고 말했다.

"양 상서의 나이가 누이와 잘 어울리고, 문장과 풍류가 신하 중에서 제일이니, 천하에 이보다 나은 사람은 없을 것입니다."

태후가 매우 기뻐하며 말했다.

"혼사가 정해진 곳이 없어서 밤낮으로 걱정했는데, 하늘이 정한 배필이군요. 양 상서는 분명히 풍류재자일 것이니, 내가 먼저 만나 보고 결정하고 싶소."

"양 상서를 대궐로 부르겠으니, 그때 발 안에서 잘 살펴보십시오."

양소유가 천자의 명을 받고 대궐에 들어가자, 천자가 자리를 내주고 역대 제왕들의 잘 다스림과 어지러움과 흥하고 망한 것을 논했다. 그러자 양소유는 하나하나 옛일을 인용해서 밝혀 고했다.

이때 궁녀 십여 명이 좌우로 갈라서서 천자를 모시고 있었는데, 천자가 그들을 가리키며 말했다.

"이 궁녀들은 궁중에서 문서 일을 맡고 있어 좋은 글을 잘 알아본다. 양 상서의 좋은 글을 얻어 보배로 삼으려 하니, 경은 한두 구절씩

● **옥당**(玉堂) 궁중의 경서, 문서 따위를 관리하고 임금의 자문에 응하는 일을 맡아보던 홍문관의 별칭.
● **풍류재자**(風流才子) 풍치가 있고 멋스럽게 놀거나 생활하는 재능과 재주가 있는 젊은 남자.

지어 주어서 저들이 공경하고 사모하는 마음을 저버리지 말라. 짐 또한 경이 쓰는 것을 보고 싶다."

이에 양소유가 술 취한 흥을 타고 붓을 휘두르니, 나무 그림자가 자리를 옮기기 전에 이미 다 지었다. 그것을 어전에 바치니 천자가 칭찬을 아끼지 않으면서 궁녀들에게 말했다.

"상서의 시는 한 구절이 천금의 값어치가 있으니, 세상에 없는 보배다. 너희는 무엇으로 보답하겠느냐?"

이에 궁녀들이 금비녀, 귀걸이, 금팔찌, 향주머니 등을 선물로 바쳤다. 양소유가 궁을 나와 말에 올랐는데 이미 크게 취한 상태였다. 정사도의 화원으로 돌아오자 가춘운이 관복을 벗기면서 물었다.

"상공께서는 어느 곳에 가셨다가 이렇게 취하셨습니까?"

"이 물건들은 천자께서 춘랑에게 내리신 것이오."

가춘운이 천자가 왜 자기에게 선물을 주셨느냐고 물었지만, 양소유는 이미 코를 골면서 잠에 떨어졌다.

다음 날 양소유가 늦게 일어나 겨우 빗질하고 세수를 하고 있는데, 월왕이 찾아왔다.

"천자께서 상서의 재주와 덕망을 공경하고 사랑하셔서 혼인을 맺어 형제가 되려 하시기에 먼저 와서 알려 드리오. 뒤따라 조정의 명이 있을 겁니다."

* **폐백(幣帛)** 혼인 전에 신랑이 신부 집에 보내는 예물.
* **여중서(女中書)** 궁중에서 문서와 조칙(詔勅) 따위를 맡아보던 여자 관리.

양소유가 이 말을 듣고 매우 놀라 대답했다.

"은혜가 이와 같으니, 미천한 선비가 몸 둘 바를 모르겠습니다. 그런데 불행히도 이미 정 사도의 딸과 혼인하기로 약속해 폐백을 드렸으니, 이런 사정을 천자께 알려 주시기 바랍니다."

천자가 양소유를 사위로 삼으려 한다는 말을 전해 들은 정 사도 집 안사람들은 모두 어쩔 줄 몰라 했다. 양소유 역시 당황했지만, 오히려 사람들을 안심시키려 애를 썼다.

한편 양소유에게 시를 받은 궁녀들은 그것을 상자에 소중히 간직해 두었는데, 오직 한 궁인만 부채를 가지고 자기 방으로 돌아가 가슴에 품고는 하루 종일 울면서 먹지도 자지도 않았다. 그 여인은 성은 진씨요, 이름은 채봉이니, 화주 진 어사의 딸로, 어사가 제명에 못 죽은 뒤 집안이 몰락하여 궁궐의 여종이 되었다. 진 채봉의 얼굴이 예쁘고 글재주가 좋다는 말을 듣고 천자가 여중서 벼슬을 내려 궁중의 문서를 맡게 하고, 아울러 난양 공주를 모시면서 함께 책도 읽고 글씨도 쓰게 했다. 공주가 진채봉의 재주를 매우 사랑해서 정이 형제와 같아 잠시도 떨어지려 하지 않았다.

그날 진채봉이 궁인들과 천자를 좌우에서 모시다가 양소유를 만나게 되었는데, 양소유의 이름과 용모가 뼈에 사무쳐 있어서 한눈에 알아보았다. 그러나 양소유는 진채봉이 살았는지 죽었는지 확실히 알지 못한 데다가, 천자 앞이어서 궁녀들의 얼굴을 잘 살펴볼 수 없어서 진채봉을 알아채지 못했다. 진채봉은 예전의 인연을 이룰 길이 없음을 슬퍼하면서, 부채에 적힌 시를 읽고 또 읽었다. 그러고는 예전에 양소유와 〈양류사〉를 화답하던 일을 떠올리고는 복받쳐 오르는 감정을 억누르지 못하고 붓을 들어 부채 위에 시 한 수를 써 놓고 읊어 보았다.

그때 갑자기 태감이 와 천자께서 가져오라고 한다면서 부채를 찾았다. 진채봉은, '이제 죽었구나.' 하고 생각했다.

천자가 태감이 가지고 간 시들을 보다가 진채봉의 부채에 이르렀는데, 아래에 다른 사람의 시가 쓰여 있는 것을 보고 이상하게 여기자, 태감이 말했다.

"진 씨가 천자께서 찾으실 줄 모르고 아래에 어지러운 말을 썼습니다. 너무 황송해서 자결하려는 것을 말리고 데려왔습니다."

"네가 사사로이 정을 둔 데가 있구나. 어느 곳에 가서 누구를 보았는지 사실대로 말하면 용서하겠다."

"제가 어찌 감히 숨기겠습니까. 제 집안이 아직 망하기 전이었습니다. 양 상서가 과거를 보러고 서울로 올라오다가 서의 집 누각 앞을 지나가게 되었는데, 그때 〈양류사〉를 지어 서로 마음을 통하고 혼인할 약속을 맺었습니다. 성상께서 봉래전에서 양 상서를 불러 보실 때 저는 상서를 알아보았지만, 상서는 저를 알아보지 못했기 때문에 옛일을 생각하고 신세를 슬퍼하다가 미친 시를 지었던 것입니다. 저의 죄는 죽어 마땅합니다."

"네가 〈양류사〉로 혼약을 했다 하니 그 내용을 기억할 수 있겠느냐?"

진채봉이 종이와 붓을 청하여 써서 올렸다.

"네 죄가 비록 무거우나 시 짓는 재주는 매우 아깝구나. 더구나 누이가 아낀다니 특별히 용서한다."

천자가 부채를 도로 내려 주자, 진채봉이 머리를 조아려 은혜에 감사하고 물러났다.

한편 양소유를 만나고 궁중으로 돌아온 월왕이 태후에게 양소유가 이미 폐백을 드린 곳이 있어서 공주와 혼인하기 어렵다고 한 말을 전했다.

"양소유는 벼슬이 상서에까지 이르렀으니 조정 돌아가는 형편을 잘 알 텐데, 어찌 이렇게도 꽉 막혔단 말인가?"

이에 천자가, 양소유가 폐백은 보냈지만 아직 결혼을 한 것은 아니니 타이르면 따를 것이라 말하고, 다음 날 양소유를 불러 타일렀다.

"경이, '폐백을 드린 곳이 있어 걱정된다.'고 했다니, 이것은 경이 생각이 짧아서 그런 것이다. 예전에는 제왕들이 부마를 간택하면 전처를 내보냈다. 그러나 짐의 마음은 옛적 제왕과는 다르다. 백성의 임금

• 태감(太監) 환관(宦官)을 통속적으로 이르던 말로, 명나라와 청나라 때에는 그 우두머리를 지칭했다.
• 부마(駙馬) 임금의 사위.

이요 아비가 되어서 어떻게 그른 일로 아랫사람을 가르칠 수 있겠는가? 지금 경이 정씨 집 혼사를 물리면 그 집 딸은 다른 곳으로 시집을 갈 것이다. 그렇다면 경이 조강지처를 내쳤다는 혐의를 받을 것도 아닌데, 무슨 윤리에 어긋난다고 하는가?"

"성상께서 신을 꾸짖지 않으시고 이처럼 깨우쳐 주시니 은혜가 막중합니다만, 신에게는 좀 다른 사정이 있습니다. 신은 나이 어린 서생으로 서울에 와서 곧바로 정씨 집에 의지하였습니다. 폐백만 드린 것이 아니라 정 사도하고 장인과 사위의 관계를 맺은 지 오래되었으며, 이미 남녀가 서로 만나 보기도 하였습니다. 지금 그 딸을 신부로 맞이하지 않은 것은 나라에 일이 많아 신의 노모를 모셔 오지 못해서 뒷날을 기다렸기 때문입니다. 신이 황제의 명령을 따른다면 그 딸은 다른 곳으로 시집가지 않을 것입니다. 그렇다면 그것은 왕정에 흠이 되는 일일 것입니다."

"경의 사정이 비록 그렇다 하더라도, 대의로 보면 경과 정식으로 부부의 의를 맺은 것이 아닌데, 왜 다른 집에 시집갈 수 없다는 말인가? 지금 경과 혼인을 맺으려 하는 것은 짐이 경과 형제가 되려고 하는 것뿐만 아니라, 태후께서 경의 재주와 덕망을 들으시고 탐을 내시기 때문이다. 경이 계속 고집한다면 태후께서 분명히 진노하실 것이니, 그러면 짐도 어찌해 볼 수가 없다."

상서가 더욱 머리를 조아리고 힘써 사양하자, 천자가 말했다.

"혼인은 대사여서 쉽게 결정할 수 없으니 뒷날을 기다려 보고, 지금은 짐과 함께 바둑이나 두며 소일하기로 하자."

환관을 시켜 바둑판을 가져오게 해서 임금과 신하가 상대하여 조용히 반나절을 보냈다.

양소유가 궁궐에서 돌아오자, 정 사도는 슬픈 기색이 얼굴에 가득한 채 말했다.

"태후께서 조서를 내려 나에게 양랑의 폐백을 돌려보내라 하셨다기에 춘운에게 주어 화원에 가져다 두었네. 딸아이의 처참한 신세를 어찌 말로 다하겠는가. 늙은 처는 병을 얻어 사람도 알아보지 못한다네."

"어떻게 이런 일이 있을 수 있습니까? 제가 마땅히 상소해서 다투겠습니다. 조정에 어찌 공론이 없겠습니까?"

"양랑이 두 번 명을 거역했는데, 지금 또 상소를 하면 중한 벌을 받을 것이니 순순히 따르게. 그리고 양랑이 지금 내 화원에 서처하는 셋이 좋지 않으니, 마음에 섭섭하더라도 다른 곳으로 옮기는 것이 좋겠네."

양소유가 대답하지 않고 화원으로 갔다. 가춘운이 양소유가 보낸 폐백을 되돌려 주며 말했다.

"첩은 소저의 명으로 상공을 모시고 있으면서 소저께서 오시기만 기다렸습니다. 그런데 이제 상공과 소저의 혼인이 어렵게 되었으니, 첩은 상공을 하직하고 돌아가 소저를 모시겠습니다."

"내가 지금 상소하여 힘껏 다투면 결국 황상께서 허락하실 것이오. 여자가 시집을 오면 남편을 따라야 하는데, 춘랑이 어찌 나를 버린단 말인가?"

"저는 사정이 좀 다릅니다. 첩은 소저를 모시면서 죽고 사는 것을 함께하기로 맹세했습니다. 그러니 제가 소저를 따르는 것은 마치 형체와 그림자의 관계와 같습니다. 형체가 없어졌는데, 어찌 그림자만 홀로 남을 수 있겠습니까?"

"춘랑의 마음은 아름답다 할 만하지만, 춘랑의 몸은 소저와 다르오. 소저야 앞으로 좋은 선비를 구해도 거리낌이 없지만, 춘랑이 소저를 따라 다른 남편을 섬긴다면 어찌 부녀자의 절개 있는 행동이라고 하겠는가?"

"상공은 아직 소저를 모르십니다. 소저에게는 이미 정한 계획이 있습니다. 우리 어르신과 부인을 슬하에서 모시면서 이분들 백 세 뒤에는 머리를 자르고 불교에 귀의할 것입니다. 부처님께 기도하여 대대로 나도 또 여자의 몸으로 나지 않게 해 달라고 할 것이고, 첩의 앞길 또

• **환관(宦官)** 임금을 가까이에서 섬기는 일을 맡아보던 관원으로, 내시라고도 한다.
• **조서(詔書)** 임금의 명령을 일반에게 알릴 목적으로 적은 문서.

한 이와 같습니다. 만일 상공의 폐백이 다시 소저에게 돌아오지 않는다면 죽어 영원히 이별할 수밖에 없습니다. 첩이 상공의 사랑을 받은 지 이미 일 년이 넘어 은혜를 갚을 길이 없습니다. 다음 세상에서는 말 끄는 종이라도 되었으면 합니다. 상공은 부디 안녕히 계십시오."

가춘운이 한동안 흐느끼며 울다가 들어가 버리니, 양소유도 슬퍼서 잠을 자지도 밥을 먹지도 못했다.

다음 날 양소유가 상소를 올렸는데, 그 말이 격렬해서 태후가 분노하여 양소유를 옥에 가두었다. 이에 대신들이 모두 천자에게 간언하니, 천자가 말했다.

"나도 벌이 너무 무거운 것을 알고 있소이다만, 태후낭랑께서 진노하시니 어쩔 수가 없소이다."

태후는 몇 달 동안이나 공사를 보지 않았고, 정 사도 또한 황공해서 대문을 닫고 손님을 맞이하지 않았다.

• **태후낭랑**(太后娘娘) '태후'는 황제의 생존한 어머니, '낭랑'은 제왕이나 귀족의 아내를 높여 이르던 말.

토번과의 싸움에서 심요연을 만나다

이때 토번이 중국을 업신여겨 군사 사십만으로 변방 여러 마을을 함락한 뒤 장안으로 다가왔다. 천자가 신하들을 모아 대책을 논의하는데, 신하들이 말했다.

"장안에 있는 군대는 수만이 안 되고, 지금 사정이 너무 급박해서 지방에 나가 있는 군대를 불러올 수도 없습니다. 잠깐 장안을 떠나 관중으로 행차하시고, 여러 지방의 군사를 모아 잃은 땅을 회복해야 합니다."

"양소유가 모략을 잘 내고 결단도 잘하는데……. 반란을 일으킨 세 왕에게서 항복을 받은 것도 바로 양소유였소."

● 관중(關中) 중국 북부의 섬서성 위수(渭水) 분지 일대.

이에 천자가 양소유를 불러 계책을 물었다.

"장안은 종묘와 궁궐이 있는 곳이니, 한번 떠나시면 천하의 인심이 흔들려 수습하기가 매우 어렵습니다. 대종 황제 때에도 토번이 회홀과 연합하여 백만 대군이 장안을 침범하였습니다. 그때 우리 군대가 지금보다 약했는데도 곽자의 혼자서 적을 물리쳤습니다. 신이 비록 재주는 없으나, 몇천 명만 주시면 죽기를 각오하고 싸워 오랑캐를 물리치겠습니다."

천자가 곧바로 군사 삼만 명을 이끌고 적을 막으라 명했다. 양소유가 삼군을 지휘하여 위교를 건너 오랑캐의 선봉과 싸워 좌현왕을 쏘아 사로잡으니, 적군이 달아나기 시작했다. 양소유가 쫓아가 세 번 싸워 세 번 다 이기니, 벤 머리가 삼만에다 빼앗은 전투용 말이 팔천 마리나 되었다. 승전보를 올리니 천자가 매우 기뻐하고 양소유가 돌아오면 상을 내리겠다고 했다. 그런데 양소유는 다시 상소를 올려 말했다.

적병이 비록 달아났지만 아직 벤 머릿수가 십분의 일도 되지 않으니, 지금 대군이 장안에 머문다면 오히려 다시 침범할 기회를 주게 될 것입니다. 이 참에 더 깊이 들어가 오랑캐 나라를 멸망시켜 후대의 근심을 없애 버리는 것이 좋을 듯합니다.

천사가 매우 기뻐하여 양소유의 식책을 올려 어사대부 겸 병부상서 정서대원수로 삼고 여러 지방의 군대와 말을 뽑아 쓰게 했다. 양소유가 대군 십만을 거느리고 길을 떠나니, 군대의 행렬은 정숙하고 명령은 엄격했다. 오랑캐를 마치 대나무를 쪼개는 듯 거칠 것 없이 무찔러 몇 달 사이에 이미 토번에게 빼앗긴 오십여 성을 회복했다.

군대가 적석산 아래에 도착하자 갑자기 한바탕 회오리바람이 일어나고 까치가 울며 날아가기에 양소유가 말 위에서 점을 쳐 보니, 계속 나아가는 것은 좋지 않다는 점괘가 나왔다. 이에 군대를 산 아래에 주둔시킨 다음 사면을 엄하게 방비하게 했다.

이날 늦은 밤 양소유가 장막에서 병서를 보고 있는데, 갑자기 한바탕 바람이 불어와 촛불이 꺼진 뒤 서늘한 기운이 몰려들면서 한 여자가 손에 칼을 들고 공중에서 내려왔다. 양소유는 자객인 줄 알았지만 얼굴빛 하나 변하지 않은 채 차분하게 물었다.

"너는 누구인데, 웬일로 한밤중에 남의 장막에 들어왔느냐?"

"토번 찬보의 명으로 당신의 머리를 가지러 왔소."

- **종묘(宗廟)** 제왕의 위패를 두던 묘.
- **대종 황제(代宗皇帝)** 당나라 10대 황제인 예(豫)로, 곽자의와 함께 서경을 수복했다.
- **회흘(回鶻)** 몽골 고원 및 중앙아시아에서 활약한 튀르크계 민족.
- **곽자의(郭子儀)** 당 왕조를 섬긴 군인이자 정치가.
- **삼군(三軍)** 군대의 중군(中軍)과 좌익군(左翼軍), 우익군(右翼軍)을 아울러 이르는 말.
- **위교(渭橋)** 장안 북쪽 위수에 놓여 있던 다리로, 위수의 남쪽의 장락궁과 북쪽의 함양궁을 연결하기 위해 만들었다.
- **좌현왕(左賢王)** 흉노의 천자에 해당하는 선우의 밑에 있던 제후 중 하나.
- **승전보(勝戰譜)** 전쟁이나 경기 따위에서 승리를 알리는 보도.
- **어사대부(御史大夫)** 여러 관리를 감찰하고 탄핵하는 일을 맡은 어사대의 으뜸 관직.
- **병부상서 정서대원수(兵部尚書 征西大元帥)** '병부상서'는 군대를 맡은 병부의 으뜸 관직, '정서대원수'는 서쪽 변방을 정복한 대장군을 말한다.
- **찬보(贊普)** 토번의 왕으로, 토번에서는 강한 영웅을 '찬', 대장부를 '보'라고 하였다.

"대장부가 어찌 죽음을 두려워하겠느냐! 내 목을 베어 가라."

그러자 그 여자는 칼을 버리고 양소유에게 머리를 조아리며 말했다.

"첩이 어찌 감히 귀인을 해치겠습니까?"

"이미 칼을 들고 들어와 놓고 해치지 않는 이유는 무엇이냐?"

"첩의 앞뒤 사정을 모두 아뢰고자 하지만, 잠깐 사이에 서서 모두 말씀드리기는 어렵습니다."

양소유가 그 여자를 보니, 구름 같은 머리를 높다랗게 올려 묶고 금 비녀를 꽂았으며, 좁은 소매에는 패랭이꽃이 수놓여 있었고, 봉황의 머리가 그려진 신을 신고 허리에는 용천검을 찼다.

"첩은 본래 양주 사람으로, 어려서 부모를 잃고 한 여도사의 제자가 되었습니다. 스승은 세 제자에게 검술을 가르쳤는데, 그중 하나가 저

심요연입니다. 삼 년 사이에 술법을 모두
이뤄 바람을 타고 번개를 따라갈 수도 있
으며, 순식간에 천 리를 가기도 했습니다.
그런데 스승께서 원수를 갚거나 악인을 죽
이려 하면 오직 다른 둘만 보내고 첩은 보내지 않
기에, '똑같이 스승님의 가르침을 받았는데 저만 은혜를 갚을 길이 없
으니, 제 재주가 저 두 사람에게 미치지 못해서인지요?' 하고 물었습
니다. 이에 스승님은, '너는 본래 우리와 같은 무리가 아니다. 만일 사
람의 목숨을 죽여 해친다면 네 앞길에 해로울 것이다. 그래서 너를 시
키지 않은 것이다.'라고 했습니다. 첩이 또, '그렇다면 제게 검술은 왜
가르치셨는지요?' 하고 묻자, '네
전생의 인연이 대당국에 있는
데, 그 사람은 대귀인이다. 지
금 네 몸이 외국에 있으니 서
로 만날 길이 없다. 내가 너에
게 검술을 가르친 것은
그 귀인을 만나 볼 수
있게 하기 위해서다.

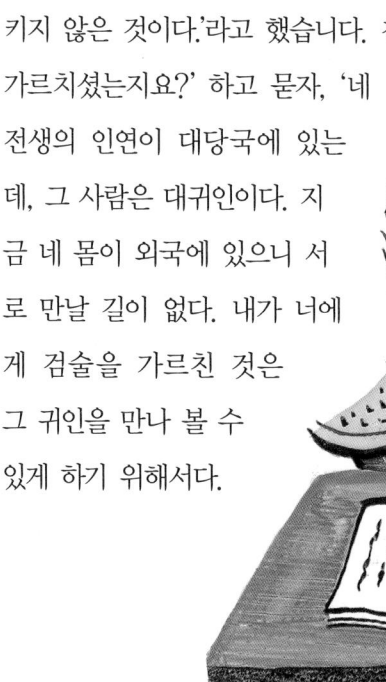

언젠가 좋은 인연을 이룰 것이다. 지금 대당국 천자가 대장을 보내 토번을 정벌하고 있다. 토번의 찬보가 사대문에 방을 내걸고 천금으로 자객을 모집하여 그를 해치려고 한다. 너는 급히 토번으로 가서 여러 자객들과 검술을 겨루어라. 당나라 장수의 화를 구하면서 동시에 너의 인연을 이루려는 것이다.'라고 했습니다. 이에 첩이 토번국으로 가서 자객 십여 명과 검술을 겨뤄 그들의 상투를 베어 올리니 찬보가 매우 기뻐하면서 첩을 보내 상서를 해치게 했고, 성공하는 날에는 귀비에 봉한다고 했습니다. 첩이 지금 상서를 만나 보니, 과연 스승의 말씀과 똑같습니다. 말단의 여종이라도 되어 좌우에서 모시고 싶습니다."

"위급한 데서 내 목숨을 구해 주고 또 섬기고자 하니, 이 은혜를 어찌 갚겠는가? 오직 백년해로하기만 바랄 뿐이다."

그날 밤 양소유는 심요연과 잠자리를 함께했다. 달빛이 밝고 옥문관 밖에 봄빛이 가득하여 한 조각 사랑은 깊은 밤 비단 장막을 넘을 듯했다. 양소유는 새 즐거움에 푹 빠져서 삼 일 동안이나 장수들을 만나 보지 않았다.

다음 날 심요연이 말했다.

"군중은 부녀자가 오래 머물 만한 곳이 아니니, 이만 물러가고자 합니다."

"연랑이 보통 여자인가? 좋은 모략과 묘책을 알려 주길 바랐는데, 어찌 가겠다는 말인가?"

"상공의 뛰어난 무예와 용맹으로 남은 적을 무찌르는 것이야 썩은 나무 분지르는 것과 같이 쉬운 일입니다. 첩이 이번에 비록 스승의 명으로 왔지만 스승께 아직 하직 인사를 올리지 못하였으니, 돌아가 스승을 뵙고 상공이 군대를 철수하여 돌아가실 때를 기다렸다가 따라가겠습니다."

"그렇게 하는 것이 좋기는 하지만, 자네가 간 뒤에 다른 자객을 보낸다면 어떻게 막아야 하겠는가?"

"자객이 비록 많지만 제 적수는 없었습니다. 첩이 이미 상공께 귀순한 것을 알면 다른 사람은 감히 오지 못할 것입니다."

이어서 허리춤에서 '묘아환'이라는 이름의 구슬을 풀어 주면서 말했다.

"이 물건은 찬보의 상투를 매었던 구슬입니다. 이것을 찬보에게 보내어 첩이 돌아가지 않을 것을 알리십시오."

"이 외에 또 가르쳐 줄 만한 게 있는가?"

"앞으로 반사곡을 지나가실 텐데, 그곳은 길이 좁고 물도 좋지 않습니다. 조심해서 행군하시고, 우물을 파서 마시게 하십시오."

심요연이 한번 몸을 솟구쳐 날아가니, 모두 양소유의 복으로 하늘이 돕는다고 감탄했다.

---

* **귀비(貴妃)** 당나라 때, 후궁에게 주던 칭호.
* **백년해로(百年偕老)** 부부가 되어 한평생을 사이좋게 지내고 즐겁게 함께 늙음.

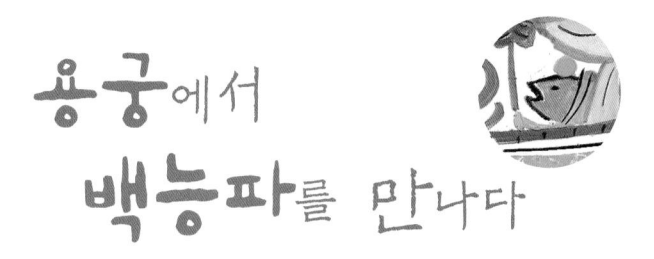

용궁에서 백능파를 만나다

양소유는 심요연에게서 받은 구슬을 토번에 보낸 뒤, 여러 날 행군하다가 큰 산 아래에 이르렀는데, 길이 좁아 겨우 말 한 필이 지나갈 만했다.

그렇게 수백 리를 가서야 조금 넓은 곳이 나오기에 삼군을 쉬게 했다. 산 아래에 맑은 호수가 있어 군사들이 앞다투어 물을 마셨는데, 온몸이 파래지면서 말을 못하고 추워 떨며 거의 죽을 듯했다. 양소유가 놀라서 물가에 가서 보니 깊고도 푸른 것이 그 속을 알 수가 없고, 찬 기운이 넘실대고 있었다.

양소유는 그곳이 심요연이 말한 반사곡이라 여기고 군사들에게 우물을 파게 했는데, 열 길 남짓이나 파도 한 군데서도 물이 나오지 않았다. 양소유가 고민하다가 그곳을 떠나 진군하려고 했다. 그런데 갑자기 산 앞뒤에서 징이며 북 치는 소리가 진동하면서 오랑캐 군대가 길을 막아, 관군은 물러날 수도 없고 나아갈 수도 없는 지경에 이르렀다.

양소유는 적을 물리칠 계책을 생각하다가 얼핏 잠이 들었는데, 갑자기 기이한 향기가 가득 차더니 여동 두 사람이 앞에 나타나 말했다.

"우리 낭자가 귀인을 청하고 가슴속에 품은 사연을 말씀드리고자 하니, 누추한 땅이라도 찾아 주시기 바랍니다."

"그대들의 낭자는 누구인가?"

"우리 낭자는 동정호 용왕의 작은따님인데, 요즘 집을 떠나 이곳에 와서 거처하고 계십니다."

"용이 사는 곳은 깊은 물속이고, 나는 인간 세상의 사람이니 가고 싶은들 갈 수 있겠는가?"

"밖에 있는 말을 타면 수궁으로 가실 수 있습니다."

양소유가 말에 타니 순식간에 깊은 물속으로 들어가는데, 말의 네 굽에서 먼지가 일었다. 곧 수궁에 도착했다. 궁궐 문을 지키는 군졸들은 물고기 머리에 새우 수염을 하고 있었다.

미녀 몇 명이 문을 열고 양소유를 모셔 궁전 위로 올라갔다. 중앙에 남쪽을 향하여 흰 옥으로 꾸민 의자를 놓았는데, 시녀가 양소유에게 앉기를 청하고 계단 아래에 비단 자리를 깐 뒤 안으로 들어갔다.

이윽고 시녀 십여 명이 한 여자를 에워싸고 왼쪽 행랑을 따라 가운데 뜰로 나왔다. 여자의 아름다운 모습은 신선과 같고, 입은 옷은 세상에 없는 듯 화려했다.

시녀 한 사람이 긴소리로 고했다.

"동정호 용왕의 따님께서 양 원수 뵙기를 청합니다."

양소유가 놀라 피하려 했으나, 시녀 둘이 좌우에서 부축했다. 용녀가 네 번 절하니 몸에 찬 옥구슬이 달그랑거렸다. 양소유가 당 위로 올라오기를 청하니 용녀가 여러 번 사양하다가 위에 조그만 자리를 만들어 앉았다.

양소유가 말했다.

"저는 속세의 평범한 사람이고, 낭자는 존귀한 신령이십니다. 지금 예를 차리는 모습이 너무도 공손하니, 제가 몸 둘 바를 모르겠습니다."

"첩은 동정호 용왕의 막내딸입니다. 첩이 태어났을 때 저의 앞날을 점친 분이, '이 따님은 전생에 신선 세상에 살았는데, 잠시 용궁에 왔다가 다시 사람의 몸을 얻을 것입니다. 인간 세상에서 귀하디 귀한 분의 희첩으로 일생 동안 부귀와 영화를 누리다가 끝내 불가에 돌아갈 것입니다.' 하고 예언했답니다. 그런데 첩이 자라나자 남해 용왕의 아들 오현이 첩이 아름답다는 말을 듣고, 그 아비인 왕에게 말해서 우리 집안에 혼사를 청해 왔습니다. 우리 동정호는 남해 용왕의 관할 아래 있기 때문에, 그의 말을 거역하면 욕을 당할까 두려워 부왕께서 친히 남해로 가 이전의 예언을 내세워 청혼을 받아들이기 어렵다는 말을 조심스럽게 전했습니다.

* **희첩**(姬妾) 본처 외에 데리고 사는 여자.

그런데 남해 용왕이 행실 그른 아들에게 푹 빠져 도리어 부왕의 말씀을 허망하다 하면서 혼사를 더욱 집요하게 청해 왔습니다. 첩이 부모의 슬하에 있다가는 가문 전체가 욕을 당할까 두려워, 부모를 떠나 홀로 오랑캐 땅에 살면서 구차하게 세월을 보내고 있습니다. 부모님은 그들에게, '딸이 도망해 나갔으니, 아직도 버리지 않으셨다면 딸에게 직접 물어보십시오.' 하고 말할 뿐이었습니다.

　첩은 이곳에 온 뒤에 여러 번 핍박을 당했습니다. 미친 용이 군병을 이끌고 잡아가려고 했습니다만, 첩의 원한과 절개에 하늘과 땅이 감동하여 이곳 물이 얼음 뒤덮인 지옥처럼 되어서 다른 곳의 물속 종족이 들어올 수 없게 했습니다. 이 때문에 첩이 남은 목숨이나마 부지하여 군자를 기다릴 수 있었습니다.

　첩이 귀인을 청하여 누추한 곳으로 들어오시게 한 것은 다만 첩의 외로운 마음을 말씀드리기 위한 것이 아닙니다. 삼군이 물이 없어 샘 파기에 수고하고 있습니다만, 비록 백 길을 파더라도 물을 얻을 수 없을 것입니다. 첩이 사는 이곳 물은 예전에는 '청수담'이라 불리던 좋은 물이었는데, 첩이 온 뒤로 물의 성질이 바뀌어서 이 땅의 사람들도 감히 마시지 못하게 되어 '백룡담'이라고 이름을 바꾸게 된 것입니다.

　지금 귀인께서 이곳에 오시니, 첩이 일생토록 의탁할 곳이 생겨 이미 이전의 괴로운 마음은 마치 깊숙한 골짜기에 따뜻한 봄이 찾아온 듯 풀렸습니다. 이제부터 물맛이 전과 다름없을 것이니 삼군이 먹어도 해가 없을 것이며, 먼젓번에 마시고 병이 든 자도 나을 수 있을 것입니다."

"낭자의 말대로 하늘이 우리 두 사람의 인연을 정한 지 이미 오래되었으니, 아름다운 기약을 오늘 맺도록 합시다."

"첩이 지금 낭군을 모실 수 없는 이유가 세 가지 있습니다. 첫째, 부모에게 아뢰지 않고 딸이 남자를 따르는 것은 옳지 않습니다. 둘째, 첩이 장차 사람의 몸을 얻어서 군자를 모시려고 하는데, 지금은 비늘에다 껍데기가 있는 몸이어서 잠자리를 모실 수 없습니다. 셋째, 남해 용왕의 아들이 항상 사람을 보내어 정탐하는데, 진정 미친 계교를 내면 한바탕 소란이 있을까 두렵습니다. 낭군께서는 모름지기 진영으로 돌아가셔서 삼군을 잘 다스려 큰 공을 이루시고 장안으로 돌아가시면 첩이 따라가겠습니다."

"내 생각은 그렇지 않소이다. 부왕께서 저를 따르게 하셨으니, 어찌 부모의 허락이 없다고 하겠소? 낭자는 신령의 자손으로 인간과 신령 사이에 드나들면서 가지 못하는 곳이 없으니, 비늘과 껍데기를 어찌 거리끼겠소이까? 그리고 내게 남해 용왕의 아들은 모기같이 작은 존재일 뿐이오. 이제 달이 밝고 바람도 맑으니, 좋은 밤을 헛되이 보내지 맙시다."

마침내 두 사람이 잠자리에 드니 사랑하는 마음이 끝없이 샘솟았다. 그때 갑자기 천둥소리가 나더니 수정 궁전이 마치 키 까부르듯 흔들렸다. 시녀가 급히 알렸다.

"남해 태자가 무수한 군병을 이끌고 앞산에 진을 치고서는 양 원수와 겨루자고 합니다."

"제가 처음에 낭군을 만류한 것은 이 일을 걱정해서였습니다."

"미친 아이놈이 어찌 이다지도 무례하단 말인가."

양소유가 소매를 떨치고 일어나 말에 올라 물 밖으로 박차고 나가니, 남해군이 이미 백룡담을 에워싸고 있었다. 양소유가 삼군을 지휘하여 남해 태자와 대치했다. 남해 진중에서 북소리가 진동하더니, 남해 태자가 말을 박차고 나오며 큰 소리로 외쳤다.

"양소유 너는 남의 혼사를 깨뜨리고 남의 처를 겁탈했으니, 하늘땅 사이에 너와 함께 서지 않겠다."

양소유가 말을 달려 나가 큰 소리로 웃으면서 말했다.

"동정호 용녀가 나를 따른 것은 태어날 때부터 이미 하늘이 정한 것이다. 나는 다만 하늘의 명령을 따를 뿐이다."

남해 태자가 단단히 화가 나서 물의 족속들에게 양소유를 잡아 오라 하자, 잉어 제독이며 자라 장군이 뛰어나와 달려왔다. 양소유가 백옥 채찍을 드니 대당 진영에서 수많은 활이 한꺼번에 날아갔다. 이에 깨어진 비늘이며 남겨진 껍데기가 온 땅에 마치 우박처럼 널렸다. 남해 태자는 몸에 몇 군데나 상처를 입어 변신술도 못 쓰고 결국 당병에게 사로잡혔다.

용녀는 양소유가 전투에 이긴 것을 치하하여 천 석의 술과 만 마리 소로 모든 병사를 배불리 먹이니, 사기가 더욱 용솟음쳤다.

양소유가 용녀와 함께 앉아 남해 태자를 끌어내니, 그가 감히 올려다보지 못했다.

양소유가 꾸짖었다.

"내가 천자의 명을 받들어 사방의 오랑캐를 정벌하니, 내 명령을 거역하는 자가 없었다. 그런데 미친 어린아이가 하늘의 명령을 몰라보고 하늘의 군대에 항거하니, 이것은 스스로 죽을 데로 나간 것이다. 네 머리를 베어야 마땅하지만, 네 아비가 남해를 다스린 공덕을 생각해서 특별히 용서한다. 이 뒤로는 천명에 순종하고 다시는 망령된 마음을 먹지 말라."

양소유는 군중에서 약을 내어다가 남해 태자의 상처에 발라 주고 돌려보냈다. 그러고 나자 갑자기 동남쪽에 상서로운 기운과 붉은 안개가 자욱이 끼면서 공중에서 어느 신하가 내려와 말했다.

"동정호 용왕이, 양 원수께서 남해 태자를 물리치고 공주를 구했단 말을 듣고 축하하고자 하나, 지키는 땅이 있기에 경계를 넘을 수 없어서 궁전에 잔치를 벌여 놓고 삼가 원수를 청하신다 합니다."

"지금은 삼군을 이끌고 적국과 대치하고 있는 상황이고, 동정호는 여기에서 만 리 밖에 떨어져 있으니 가고 싶어도 어찌 갈 수 있겠는가."

"이미 용 여덟 마리를 맨 수레를 준비하였으니, 한나절이면 가셨다가 돌아올 수 있을 것입니다."

양소유가 용녀와 함께 수레를 타자 신령한 바람이 차바퀴를 날려 공중에 솟아오르니, 이미 인간 세상을 몇천 리나 벗어났는지 알 수 없었고, 굽어보니 흰 구름이 온 세상을 덮고 있었다. 점점 내려가 동정호에 도착하니, 용왕이 멀리 마중 나와 반갑게 맞이하고 큰 잔치를 열어 주었다.

술이 아홉 차례 돈 뒤에 양소유가 용왕에게 하직하며 말했다.

"군중에 일이 많아 한가히 머물지 못하겠습니다."

양소유는 낭자를 돌아보고 뒷날 만나기로 약속하고 용궁 문밖으로 나왔다.

양소유가 바라보니 산 하나가 매우 뛰어난데, 다섯 봉우리가 구름 속에 숨어 있기에 용왕에게 물었다.

"저 산의 이름은 무엇입니까? 제가 천하를 두루 다녔지만, 오직 화산과 저 산만 보지 못했습니다."

"양 원수는 저 산을 모를 것입니다. 저 산이 바로 남악 형산입니다."

"저 남악을 잠시 구경할 수 있겠습니까?"

"해가 아직 저물지 않았으니, 잠시 가서 구경하면 군영으로 돌아가실 수 있을 것입니다."

수레에 오르자마자 금방 산 아래에 도착했다. 양소유가 지팡이를 짚고 돌길을 더듬어 올라가니, 온갖 바위가 멋진 모습을 뽐내고 수많은 골짜기가 깊음을 견주는 듯했다. 그러나 모두 다 살펴볼 만한 겨를이 없어 한숨을 쉬며 말했다.

"내 공을 이루고 난 뒤 은퇴하여 속세를 떠나 이런 곳에서 한가롭게 살 수 있을까?"

문득 바람결에 종소리가 들려오니 멀지 않은 곳에 절이 있는 것 같아 찾아 올라가니, 과연 웅장한 절이 있었다. 한 늙은 스님이 막 설법을 시작했는데, 눈썹이 길고 눈이 맑으며 모습이 맑고도 빼어나니 속세의 사람이 아니었다.

그 늙은 스님이 여러 중을 이끌고 강당에서 내려와 양소유를 맞이하면서 말했다.

"산사람이라 귀와 눈이 없어 대원수께서 오시는 것도 알지 못하고 멀리 마중을 못 했으니, 죄를 용서하시기 바랍니다. 원수께서 지금 여기 오실 때는 아니지만, 이왕 오셨으니 대웅전에 올라 부처님께 참배하시지요."

양소유가 향을 피우고 절을 한 뒤, 대웅전에서 내려오다가 발을 헛디뎌 굴러 넘어졌다.

깜짝 놀라 정신을 차려 보니, 몸은 진영 의자에 기대어 앉았는데 날은 이미 밝아 있었다.

양소유가 장수와 병사 들을 모아 놓고 물었다.

"너희들 간밤에 무슨 꿈을 꾸었느냐?"

"꿈에 원수님을 모시고 귀신 병사들과 싸워 그 장수를 산 채로 잡았으니, 이것은 분명 오랑캐를 멸망시킬 좋은 징조입니다."

양소유가 매우 기뻐하면서 꿈 이야기를 해 주고 장수와 병사 들을 이끌어 백룡담 위에 가서 살펴보니, 물고기의 비늘이 온 들판에 깔려 있고 피가 흘러 내를 이루고 있었다. 양소유가 먼저 백룡담의 물을 떠서 마시고 병든 군사들도 마시게 하니 즉시 병이 나았다. 이에 군사들이며 말들을 한번 배불리 먹여 주니 즐거워하는 소리가 마치 천둥소리 같았다. 적병이 이 소식을 듣고 매우 두려워 모두 항복할 마음이 들었다.

대륙의 남자 양소유, 중국 곳곳에서 팔선녀를 만나다

우리나라 고전 소설 대부분이 그렇듯이 《구운몽》도 중국을 배경으로 하고 있습니다. 판소리가 소설로 정착된 《춘향전》, 《흥부전》이나 《장끼전》, 《서대주전》 같은 동물 우화 소설은 조선을 배경으로 하고 있지만, 고전 소설 대부분은 중국이 배경입니다. 그렇다고 우리 고전 소설을 중국 소설이라고 할 수는 없습니다. 비록 중국을 배경으로 하고 있지만, 작품 전체에 흐르는 생각과 감정은 우리 민족의 것이기 때문입니다.

●옥문관

심요연 옥문관의 여인
토번 왕 찬보의 자객으로, 양소유를 죽이러 왔다가 양소유의 목숨을 구하고 첩이 되었다.

백능파 반사곡의 여인
동정호 용왕의 막내딸로, 남해 태자의 청혼을 거절하고 이곳으로 도망 와 있다가 양소유와 연을 맺었다.

'오빠 대륙 스타일!'

《구운몽》에 나타나는 공간은 거의 중국 전체를 포함합니다. 성진이 꿈을 꾸고 깬 곳인 남악 형산에서부터, 양소유로 태어난 회남도 수주현, 진채봉을 만난 화주 화음현, 계섬월과 정경패와 가춘운을 만난 낙양, 적경홍을 만난 한단, 난양 공주 이소화를 만난 장안, 심요연을 만난 옥문관, 백능파를 만난 반사곡, 양소유가 팔선녀와 여생을 보낸 성남의 취미궁까지 실로 드넓은 지역입니다. 양소유의 복잡한 인생만큼이나 《구운몽》의 배경은 넓고도 넓습니다. 이 광대한 지역에서 펼쳐지는 방대한 이야기는 우리의 인식과 시야를 더욱 넓혀 줄 것입니다. 이 지도를 펴 놓고 《구운몽》을 읽어 보는 것도 흥미롭겠지요?

이소화 장안의 여인
난양 공주. 태후가 정경패와 양소유의 혼사를 깨리다가 정경패를 공주로 맞아 두 공주 다 양소유의 부인이 되었다.

계섬월 낙양의 여인
두 연사를 만나러 가는 길
에 만난 기생. 선비들의 풍류 자리
에서 시를 지어 섬월의 마음을 사
언약을 맺었다.

가춘운 낙양의 여인
정경패와 자매 같은 사이
의 시녀. 정 소저와 결혼하기 전에
먼저 첩으로 맞이했다.

적경홍 한단의 여인
계섬월과 의형제를 맺은
사이. 연왕의 첩으로 있다가 천리
마를 훔쳐 타고 도망 나와 양소유
를 따랐다.

●한단

●반사곡   ●낙양
  ●장안   ●화주

●성남 취미궁   ●회남도 수주현

          ●동정호
      ●형산

정경패 낙양의 여인
용모와 재덕이 으뜸이라
소문난, 정 사도의 딸. 두 연사의 소
개로 거문고를 타는 여관으로 위장
해 들어가 처음으로 만났다.

진채봉 화주의 여인
양소유가 과거를 보러 가
던 길에 만난, 진 어사의 딸. 〈양
류사〉를 주고받으며 앞날을 약속
했다.

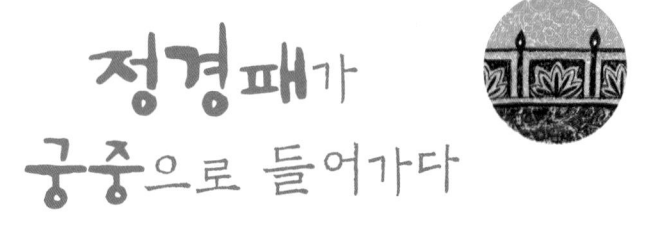

정경패가
궁중으로 들어가다

양소유가 전쟁에 나간 뒤에 승전했다는 보고가 계속 올라왔다. 천자
가 하루는 태후를 뵙고 양소유의 공을 칭찬하며 말했다.

"양소유가 돌아오면 승상 벼슬을 주려고 합니다만, 누이와의 혼인
을 결정하지 못한 게 걸리는군요. 양소유가 혼인을 한다면 좋겠습니다
만, 계속 거부한다면 공신에게 죄를 주기도 어렵고, 그렇다고 다른 방
법도 없으니 참으로 걱정입니다."

"내 들으니 정씨 집 딸이 매우 곱고 양 상서와도 서로 만나 보았다고
하니, 상서가 어떻게 버릴 수 있겠소. 상서가 나가 있을 때 정씨 집에
조서를 내려 일찌감치 다른 사람과 정혼토록 하는 것이 좋겠소이다."

이때 난양 공주가 태후를 모시고 앉아 있다가 아뢰었다.

"아까 그 말씀은 도리에 어긋난 것 같습니다. 정녀가 다른 집과 혼인

하고 말고를 어찌 조정에서 지시할 수 있겠습니까?"

"내 생각은 양 상서가 조정에 돌아온 뒤에 우선 너와의 혼사를 치르고 그다음에 정녀를 첩으로 맞게 하면 상서도 다른 말이 없을 듯하다만, 네가 바라지 않을 듯하구나."

"소녀는 평생토록 질투란 것을 알지 못하는데 어찌 정녀를 받아들이지 못하겠습니까만, 양 상서가 처음에는 정녀를 처로 들이기로 했다가 나중에 첩으로 삼는 것을 싫어할 것 같고, 정 사도는 대대로 재상을 한 집안이어서 딸을 남의 첩으로 보내는 것을 또한 바라지 않을 듯합니다."

"그것도 마땅치 않다면 도대체 어떻게 하자는 것이냐?"

"《예기》에 '제후는 부인 셋을 둔다.' 했습니다. 양 상서가 공훈을 이루고 돌아오면 크게는 왕이요 작아도 제후는 될 것이니, 두 부인을 둔다고 잘못이라고 할 수 없을 것 같습니다. 그러니 정녀도 부인으로 삼게 하는 것이 어떻겠습니까?"

"그럴 수는 없다. 둘 다 여염집 여자라면야 함께 부인이 되는 것도 해가 되지 않겠지만, 너는 지금 천자의 누이여서 신분이 가볍지 않은데, 어떻게 가난한 여염집 딸과 어깨를 나란히 할 수 있겠느냐?"

"소녀도 제 몸이 존귀한 것은 압니다만, 옛적에 성스럽고 밝으신 제왕도 현인을 공경했고, 천자도 보통 민간인을 친구로 삼으신 적이 있습니다. 만일 정녀의 용모와 재덕이 소녀보다 더하다면 부인으로 삼고, 그렇지 못하다면 첩으로 삼을지 종으로 삼을지는 마음대로 하십시오."

"여자는 본디 다른 사람의 재질을 질투하는 마음이 있는 법인데, 다른 이의 재질을 아끼는 우리 딸의 마음씨는 장하구나. 나도 한번 정씨 집 딸을 보고 싶으니 내일 정 사도 집에 명령을 내려야겠다."

"낭랑이 명령을 내리신다 해도 정녀가 병이 있다고 핑계를 대고 오지 않을 것입니다. 재상가의 여자는 잡아들이지도 못하니, 소녀의 생각에는 여러 절에 지시하여 정 사도의 딸이 언제 분향하러 오는가를 미리 알아 두었다가 그때 가서 보면 될 듯합니다."

태후가 환관에게 여러 사찰에 물어보게 했더니, 정혜원의 여승이 말했다.

"정 소저는 평소 절에 오지 않습니다. 삼 일 전에 양 상서의 첩인 가춘운이 소저의 명을 받고 다녀갔습니다. 정 소저가 지은 글이 있으니, 이것을 가지고 가서 태후낭랑께 아뢰십시오."

환관이 돌아와 이 뜻을 아뢰자, 태후가 공주에게 말했다.

"사정이 이렇다면 정녀의 용모를 보기 어렵겠구나."

"한 사람 때문에 두 사람의 인연이 깨어졌으니, 분명 해가 있을 것입니다."

태후는 입을 다물고 잠자코 듣기만 할 뿐이었다.

그 무렵 정 소저는 정 사도와 최 부인 앞에서 괴로운 티를 내지 않았지만, 속마음은 편치 않았다. 하루는 어느 여동이 족자 두 축을 팔러 왔다. 가춘운이 보니, 수놓은 솜씨가 대단히 정교하여 만만히 볼 물건이 아니었다. 가춘운이 그 여동을 기다리게 하고 들어가서 부인과 정 소저에게 보이면서 말했다.

"소저가 항상 제 수놓는 솜씨를 칭찬하셨는데, 이 족자는 신선이 아니라면 귀신의 솜씨입니다."

정 소저도 감탄하며 누가 만든 족자인지 알아보라 했다.

여동이 말했다.

"이것은 우리 소저의 솜씨이니, 소저가 근래 혼자 객중에 계시면서 급히 쓰실 곳이 있어서 돈으로 바꿔 오라 하셨습니다. 우리 소저는 이 통판 님의 누이신데, 통판께서 대부인을 모시고 절강 임지로 떠나실 때 소저는 병이 들어 함께 가지 못하고, 외숙이신 장 별가 댁에 머무르셨습니다. 요즘 별가 댁에 변고가

* **정혜원**(定惠院) 호북성 황강현에 있는 도교 사원의 이름.
* **족자**(簇子) 그림이나 글씨 따위를 벽에 걸거나 말아 둘 수 있도록 양 끝에 가름대를 대고 표구한 물건.
* **통판**(通判) 중국에서, 조정의 신하 가운데 군(郡)에 나아가 정치를 감독하던 벼슬아치.
* **절강**(浙江) 중국 동부의 동중국해 연안에 있는 지역.
* **별가**(別駕) 통판과 유사한 관직명.

있어 길 건너 연지를 파는 사삼랑의 집에 머물고 계십니다."

가춘운이 이런 사정을 정 소저에게 말하자, 정 소저가 비녀며 팔찌며 머리 꾸미개 등을 많이 주고 그 족자를 사서 당 한가운데에 걸어두고 항상 칭찬해 마지않았다. 그 뒤로 이 통판 집의 여동이 가끔 정사도 집의 종들과 어울려 지냈다.

하루는 정 소저가 가춘운에게 말했다.

"이 소저의 솜씨는 보통 사람의 것이 아니다. 여종을 보내 이 소저의 사람됨을 알아보도록 해라."

여종이 돌아와 정 소저에게 전했다.

"이 소저는 보통 사람이 아니었습니다. 용모가 우리 소저만큼이나 아름다웠습니다."

가춘운이 의아해 하면서 말했다.

"그 재주를 보니 이 소저가 평범한 사람이 아니긴 하지만, 말을 어찌 그리 쉽게 하느냐? 요즘 세상에 우리 소저만 한 사람이 있다는 것을 나는 믿지 못하겠다."

"제 말을 믿지 못하시겠으면 다른 사람을 보내 보십시오."

가춘운이 그 뒤에 다른 여종을 보냈는데, 그 여종도 돌아와서 말했다.

"정말 기이합니다. 이 소저는 정말 신선 같으십니다. 믿지 못하시겠거든 직접 가서 보십시오."

며칠 뒤 사삼랑이 정씨 집에 와서 부인을 만나 말했다.

"요즘 소인의 집에 이 통판 댁의 누이 되는 사람이 살고 있는데, 그 낭자의 재주와 모습이 세상 사람이 아닙니다. 항상 귀 댁 소저의 아름다운 명성을 우러러보면서 한번 뵙고 가르침을 청하고 싶지만, 감히 직접 청하지 못하고 있습니다. 소인이 댁을 오고 가고 하는 것을 알고 부인께 먼저 아뢰어 보라고 했습니다."

부인이 정 소저를 불러 이런 사정을 말하니, 정 소저가 말했다.

"소녀는 바깥사람을 만나 보고 싶지 않습니다만, 이 소저의 수놓는 솜씨가 저리도 신묘하고 용모도 세상에 둘도 없다 하니, 한번 만나 보고 싶습니다."

사삼랑이 기뻐하며 돌아갔다.

다음 날 이 소저가 여종 몇을 데리고 정씨 집을 찾아왔다. 두 사람이 마주 보고 앉으니 온 방이 훤하게 빛이 났다. 차와 과일을 맛보며 조용히 이야기를 나누다가 이 소저가 말했다.

"댁 내에 가춘운이라는 사람이 있다고 들었는데, 한번 볼 수 있겠습니까?"

"춘랑도 소저를 뵙고 싶어했으나 감히 청하지 못했습니다."

정 소저는 가춘운을 불러 뵙게 했다. 가춘운이 들어와 절하자 이 소저가 답례하면서 생각했다.

'춘랑을 직접 보니 이름보다 더 이름답구나. 양 상서가 총애함이 당연하다. 주인과 종 두 사람이 저렇게 아름다우니 양 상서가 어찌 버리려고 하겠는가.'

세 사람은 서로가 이별을 안타까워하며 헤어졌다.

• 연지(臙脂) 여자가 화장할 때에 입술이나 뺨에 찍는 붉은 빛깔의 염료.

정 소저가 가춘운에게 말했다.

"이 소저의 재주와 모습이 저토록 아름다운데, 내가 아직 그 소문을 듣지 못했다니 정말 이상한 일이구나."

"한 가지 의심스러운 데가 있습니다. 양 상서가 화주 진 어사의 딸을 만나 혼인을 의논하던 일을 이야기하면 지금도 얼굴빛이 안 좋습니다. 그때 진 어사의 딸이 지었다는 〈양류사〉를 보면 재주 있는 여자가 분명합니다. 그 여자가 죽었는지 살았는지를 아직 모르는데, 이 사람이 일부러 성과 이름을 숨기고 와서 우리를 만나 보고 인연을 맺으려는 게 아닐까요?"

"진녀는 집안에 화를 만나 궁중 노비로 들어갔다고 하던데, 어떻게 여기에 올 수 있겠는가?"

정 소저가 이 소저와 만난 일을 부인께 말씀드리고 칭찬해 마지않자 부인이 말했다.

"나도 보고 싶구나."

며칠 뒤에 부인의 말씀으로 이 소저를 청하자, 이 소저가 기쁘게 명을 따라 정 사도 집으로 왔다. 부인이 술과 음식을 대접하고 이전에 딸을 방문해 서로 즐기던 일을 고마워하자, 이 소저가 일어나 대답했다.

"부인께서는 한번 보시고 정 소저와 저를 형제같이 대우해 주셨습니다. 이제부터 어머님처럼 섬기고자 합니다."

두 소저가 마음과 기운이 합치되어 옛 문장들을 평가하고 부녀자의 덕을 하루 종일 이야기해도 싫증이 나지 않았다.

이 소저가 간 뒤 부인이 정 소저와 가춘운에게 말했다.

"내가 어릴 적부터 아름다운 사람을 많이 보았지만, 이 소저와 같은 미색은 아직 보지 못했다. 우리 딸과 위아래가 없으니, 형제를 맺는 것이 좋겠구나."

이에 정 소저가 춘운이 말한 진씨 집 딸의 이야기를 부인에게 말했다.

"춘운은 의심하지만 소녀의 생각은 좀 다릅니다. 이 소저의 용모와 재주며 학문은 말할 것도 없고, 단아하면서도 정중한 모습은 보통 사람과는 크게 다릅니다. 그런데 진녀가 비록 재주와 용모는 갖췄다고 하지만, 몸가짐이 조금 신중치 못하니 어찌 이 소저와 비교하겠습니까? 소녀의 생각을 말씀드리자면, 난양 공주의 재주와 모습이 비교할 사람이 없을 정도라고들 하는데 혹시 이 소저라면 비슷하지 않을까 합니다. 그래도 이 소저의 행동이 좀 의심스러우니, 나중에 춘운을 보내 살펴보라 하겠습니다."

정 소저가 다음 날 가춘운과 이 일을 의논하고 있는데 이씨 집 여동이 와서 이 소저의 말을 전했다.

"마침 절동으로 가는 배가 있어 내일 출발하게 되었습니다. 그래서 지금 댁에 가서 작별 인사를 드렸으면 합니다."

이 소저가 와서 부인에게 말했다.

"부인께 부탁드릴 일이 있는데, 허락해 주시지 않을까 걱정입니다."

"무슨 일인지 말해 보거라."

"돌아가신 아버님을 위하여 관세음보살의 모습을 수놓았는데, 아직 그 옆에 새겨 넣을 글을 얻지 못했습니다. 소저께 몇 구절의 글과 글씨를 얻었으면 하는데, 수놓은 상이 너무 넓어 내고 들이고 하는 것이

불편합니다. 무리한 청인 것 같아 송구스럽습니다."

부인이 정 소저에게 말했다.

"네 비록 아주 가까운 친척 집에도 가지 않지만, 이 낭자의 부탁은 다른 일과는 다르구나. 집도 가까우니 다녀올 수도 있을 듯하다만……."

정 소저가 처음에는 곤란해 하다가 갑자기, '이 소저의 자취를 의심했는데, 이번 기회에 알아보면 되겠구나.' 하고 생각해 대답했다.

"다른 일이라면 가기 어렵습니다만, 부모를 위하는 간절한 마음을 들어주지 않을 수 있겠습니까? 해가 저물면 다녀오겠습니다."

이 소저가 매우 기뻐 고마워하면서 말했다.

"날 저물면 글쓰기가 불편합니다. 가는 길이 번거로울까 염려하신다면, 제 가마가 누추하지만 두 사람이 탈 수 있으니 함께 갔다가 저녁에 돌아오는 것이 어떠하겠습니까?"

이 소저가 정 소저와 함께 가마를 타고, 정 소저의 몸종 둘이 따라갔다. 이 소저의 방에 도착해 보니 세간살이가 요란하지 않고 정갈했고, 음식도 간단하지만 진기했다. 이 소저가 글 짓는 일에 대해 이야기를 하지 않자 정 소저가 말했다.

"관세음보살을 수놓은 것은 어디에 있습니까? 빨리 예배드리고 싶습니다."

"이제 보여 드리겠습니다."

그러자 갑자기 말과 수레 소리가 시끄럽더니 수많은 파랑, 빨강 깃발이 집을 에워싸고 있었다.

정씨 집 여종이 급히 전했다.

"군사들이 집을 에워싸고 있습니다."

이 소저가 말했다.

"정 소저는 놀라지 마십시오. 나는 난양 공주입니다. 소저를 궁중으로 모셔 오라는 태후의 분부가 있었습니다."

정 소저가 엎드리며 말했다.

"이 소저의 풍모가 보통 사람과 다르다고는 여겼지만, 공주님이라는 것은 꿈에도 생각지 못했습니다. 그동안 했던 무례한 일들을 벌하여 주십시오."

공주가 대답을 하기 전에 시녀가 들어와 아뢰었다.

"궁중에서 세 상궁을 보내 안부를 여쭙니다."

난양 공주가 당 위에 나가 앉으니, 세 사람이 차례로 예를 드리고 아뢰었다.

"오늘이 궁궐로 돌아가시는 기한이어서 군사들이 밖에서 기다리고 있습니다. 태후께서 분부하시기를, 반드시 정 소저를 데리고 들어오라고 하셨습니다."

공주가 세 사람에게 잠깐 밖에서 기다리라 하고 방으로 들어가서 정 소저에게 말했다.

"태후께서 정 소저를 보시려고 기다리고 계시니, 저와 함께 들어가 뵙시다."

정 소저가 가지 않을 수 없다는 것을 알고 난양 공주와 함께 수레에 올랐다. 정 소저가 여종 한 사람은 따라오고 한 사람은 집에 가서 아

뢰라고 분부했다. 수레가 여러 겹 궁문을
지나 한 궁전에 도착했다.

정 소저가 궁녀를 따라 궁전의 뜰에 들어가 서니, 그 고운 빛에 모
두 감탄했다. 정 소저가 궁중 사람의 인도로 궁전에 오르자, 태후가
자리를 내주면서 말했다.

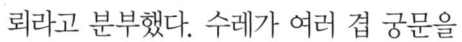

"지난번 우리 딸의 혼사 때문에 조서를 내려 양 상서가 보낸 폐백
을 거두어들이라 한 것은, 나라의 관례를 따라 그렇게 한 것이지 내가
일부러 그런 것은 아니었다. 그런데 우리 딸이, 우리의 혼사를 위하여
오래된 약속을 저버리게 함은 인륜에 어긋나며, 앞으로 둘이 어깨를
나란히 해서 양 상서를 섬기겠다고 하니, 그 아름다운 마음을 받아들
이기로 했다. 양 상서가 조정에 돌아오면 너를 내 양녀로 삼아 두 사
람을 똑같이 부인으로 삼겠다. 이것은 예전에 없던 은혜로운 처사이
니, 그리 알라."

이때 천자가 태후께 저녁 문안을 드리자, 태후가 난양과 정 소저를 잠시 곁방으로 물러나 있게 하고 천자에게 말했다.

"내가 정녀를 불러 보니 그 재주와 모습이 난양과 함께 자매가 될 만해서 정녀를 양녀로 삼았소. 뒷날 함께 양 상서에게 시집보낼까 하는데, 어떠하오?"

천자가 기뻐하며 태후의 뜻을 따르겠다고 했다.

태후가 정 소저를 불러 천자에게 인사를 시키자, 천자가 정 소저를 궁전 위로 오르라 하고 태후에게 말했다.

"정녀를 이미 공주로 삼았으니 황실의

성을 내리는 것이 합당합니다."

"나도 그렇게 하려고 하다가 다시 생각해 보니, 정 사도가 나이도 많고 다른 자식이나 조카도 없으니 차마 성까지 빼앗아서 고치라고는 못 하겠소."

이에 천자가 몸소 글씨를 써 정 소저에게 주었다.

태후의 성스러운 마음을 받들어 양녀 정 씨를 영양 공주로 삼는다.

정 소저가 은혜를 고마워하고 난양 공주와 자리의 차례를 정하는데, 정 소저의 나이가 공주보다 한 살이 많았지만 감히 윗자리에 앉지 못했다. 소저가 한참 동안 사양하자 태후가 한 살 많은 정 소저를 윗자리에 앉으라 했다.

어느 날 천자가 조용히 태후에게 진채봉과 그의 부친 진 어사의 일을 처음부터 끝까지 자세히 이야기한 뒤에 말했다.

"진 씨의 사정이 남달리 불쌍합니다. 그 아비가 비록 죄에 죽긴 했지만, 조상 대대로 조정의 신하였습니다. 그리고 진 씨와 공주가 서로 끔찍이 여기니, 공주가 시집갈 때 첩으로 딸려 보내는 것이 어떠하겠습니까?"

태후가 난양 공주를 쳐다보자, 난양 공주가 말했다.

"진 씨가 그런 뜻을 이미 소녀에게 말한 바 있고, 소녀 또한 진 씨와 서로 떨어지고 싶지 않습니다."

태후가 진채봉을 불러 명을 내렸다.

"공주가 너와 헤어지고 싶어하지 않기 때문에, 특별히 너를 양 상서의 첩으로 삼도록 하겠다. 네가 바라는 바가 이루어졌으니, 더욱 정성을 다하여 공주를 모시도록 해라."

진채봉이 눈물을 비 오듯 쏟으면서 머리를 조아려 은혜에 감사했다.

두 공주와 진채봉이 〈까치시〉를 지어 서로 그 재주에 감탄했다. 그때 난양 공주가 정 소저의 시비 가춘운 역시 시를 잘 짓는다는 말을 하자, 태후가 가춘운을 보고 싶어하였다.

다음 날 영양 공주가 일찍 일어나 태후께 문안 인사를 드리고 집에 돌아갈 것을 청했다.

"소녀가 들어올 때 집안사람들 모두 놀랐을 것이니, 태후의 은혜와 소녀가 받은 영화를 알게 하려고 합니다."

"공주가 어찌 쉽사리 대궐을 나갈 수가 있겠느냐. 내가 정 사도 부인을 뵙고 싶기도 하고, 또 의논할 일도 있다."

태후는 곧바로 정씨 집에 연락해 최 부인을 궁궐에 들어오게 했다. 최 부인이 명을 받고 들어와 태후를 뵀다.

"영양 공주를 한번 본 뒤로는 사랑하는 마음이 가슴에서 일어나 난양 공주와 차이가 없게 되었소이다. 아마도 내 전생의 딸이 오늘 부인에게서 태어난 것이 아닌가 하오. 공주로 삼았으니 마땅히 황실의 성을 내려야 하지만, 부인이 외롭고 혼자임을 생각해서 정씨 성을 고치지 않았소이다."

최 부인이 감격하고 황공해 할 뿐이었다.

"영양 공주가 이제 내 딸이 되었으니, 부인은 데려가지 못할 것이오."

"어찌 감히 데려가겠습니까만, 신첩 부부가 나이가 많으니 다시 보지 못할까 슬플 뿐입니다."

"혼인할 때까지만 데리고 있겠소. 그 뒤에는 난양 공주도 부인께 맡길 것이오."

이어서 난양 공주를 불러 최 부인과 만나 보게 했다. 최 부인이 전날의 무례함을 두 번 세 번 연거푸 사과했다.

태후가 말했다.

"부인의 집에 가춘운이라는 여자가 재주가 있다 하니, 한번 보고자 하오."

가춘운이 뜰 아래에서 머리를 조아리자 태후가 말했다.

"정말 미인이구나. 난양 공주의 말이, 네가 시를 잘 짓는다고 하니 내 눈앞에서 지을 수 있겠느냐?"

태후가 두 공주와 진채봉이 지은 〈까치시〉를 보여 주며 말했다. 가춘운이 붓과 벼루를 달라 하여 금방 지어 올렸다. 태후가 두 공주에게 그 시를 보여 주며 말했다.

"가녀가 재주 있다 하나, 이렇게까지 훌륭할 줄은 몰랐다."

이어서 가춘운과 진채봉을 서로 만나 보게 하면서 난양 공주가 말했다.

"이 사람이 화음현 진씨 집 낭자이며, 춘랑과 평생을 같이 살 사람이다."

가춘운이 말했다.

"혹시 〈양류사〉를 지으신 진 낭자가 아니십니까?"

진 씨가 놀라 물었다.

"낭자가 어디에서 〈양류사〉를 보았습니까?"

"양 상서께서 말씀해 주셨습니다."

"양 상서께서 저를 아직 기억하고 계시군요."

"낭자는 무슨 그런 말씀을 하십니까. 양 상서께서는 낭자의 〈양류사〉를 몸에 간직하고 잠시도 떼지 않으시며, 항상 낭자를 이야기할 때면 눈물을 흘리셨답니다. 낭자는 어찌 상서의 마음을 모르십니까?"

"상서께서 그렇게 잊지 못하고 계시다면, 첩은 죽어도 한스러울 게 없습니다."

이어서 비단 부채에 시를 지은 과거의 일을 다 말해 주었다.

춘운이 웃으며 말했다.

"첩의 몸에 있는 팔찌며 반지가 모두 그날 얻은 것입니다."

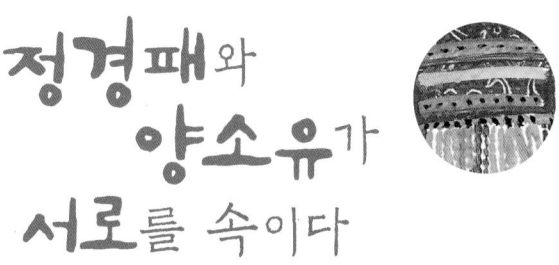

정경패와 양소유가 서로를 속이다

최 부인이 돌아가려고 하니, 태후가 웃으면서 말했다.

"양 상서가 세 번이나 조정의 명을 어겼으니, 내가 한번 속여 보려 하오. 속담에, '말이 흉하면 일이 길하다.'고 했으니, 상서가 조정에 돌아온 뒤에 거짓으로, '정 소저가 병이 들어 죽었다.'고 합시다. 상서가 정 녀를 알아보는지 시험해 보십시다."

최 부인도 그렇게 하기로 하고, 하직하고 집으로 돌아갔다. 정 소저가 부인을 궁전 문 앞에서 배웅하고 가춘운을 불러 몰래 양소유를 속일 계획을 말해 주었다.

한편 양소유는 군사와 말에게 백룡담 물을 먹이고 대군을 지휘하여 북을 울리면서 진격해 나갔다. 토번의 찬보가 이미 심요연이 보낸 진주를 보고, 또 당나라 군대가 반사곡을 통과했다는 이야기를 듣고 두려워서 어찌해야 할지를 몰랐다. 이에 여러 장수가 찬보를 묶어서 당나라 진영에 보내고 항복해 왔다. 양소유가 군대를 정비해서 토번의 서울에 들어가 백성을 위로하고 안심시켰다. 그리고 곤륜산에 올라가 비석을 세워 당나라의 공덕을 새기고 개선가를 부르면서 군사를 돌려 장안으로 향했다.

군대가 진주에 도착하니, 계절은 이미 가을로 접어들었다. 산천이 쓸쓸하고 기러기 소리가 울적한 감정을 돋우니, 양소유가 밤새도록 고향 생각에 잠을 이루지 못했다.

'집 떠난 지 삼 년이 지났는데, 늙으신 어머님은 평안하실까? 나라의 일로 뛰어다니느라 오늘날까지 가정을 꾸리지 못했는데, 정 소저와의 혼사는 어떻게 될까? 그동안 내가 이룬 공적이 작지 않으니, 천자께서 분명히 제후 벼슬을 내려 주실 것이다. 만일 벼슬을 반납하고 정소저와의 혼사를 청한다면 천자께서는 과연 들어주실까?'

양소유는 이런 생각을 하다가 문득 잠이 들었다. 꿈속에서 하늘로 올라가니, 칠보로 단장한 궁궐을 다섯 색깔의 구름이 에워싸고 있었다. 시녀 두 사람이 다가와 말했다.

"정 소저께서 뵙기를 원하십니다."

양소유가 시녀를 따라 넓은 정원에 들어가니, 신선 세계의 꽃이 흐드러지게 피어 있었다. 백옥으로 만든 누각 위에 선녀 세 사람이 나란

---

* **곤륜산(崑崙山)** 중국 전설상의 높은 산.
* **개선가(凱旋歌)** 전쟁에서 이기고 돌아오는 것을 축하하는 노래.

히 있는데, 그 얼굴이며 옷이 대단히 아름다웠다. 세 선녀가 마침 난간에 기대서 시녀들이 공놀이하는 것을 구경하고 있다가 양소유를 보고는 일어나 절하고 자리를 앉았다. 윗자리에 앉은 선녀가 물었다.

"군자께서는 헤어진 뒤에 탈 없이 지내셨습니까?"

양소유가 보니 거문고 타던 때 말을 주고받던 정 소저였다. 양소유가 기쁘고도 슬퍼서 말을 잇지 못하자 정 소저가 말했다.

"첩은 인간 세상을 떠나 하늘 궁전에 올라왔습니다. 옛날 일을 생각하면 가슴이 답답할 뿐입니다. 군자께서는 첩의 부모는 볼 수 있어도 첩의 소식은 듣지 못하실 것입니다."

문득 북 치고 나팔 부는 소리에 양소유는 잠이 깨었다. 그러고는 꿈속의 일을 생각하니, 모두가 불길한 것이라서 마음이 혼란스럽고 걱정이 되었다.

오래지 않아 군대가 장안에 도착하자, 천자가 몸소 위교까지 나아가 맞아 주었다. 양소유는 봉 날개를 새긴 붉은 금투구를 쓰고, 황금고리를 이어서 만든 갑옷을 입었으며, 하루 천 리를 달린다는 대완마를 타고 있었다. 토번 왕을 죄인 압송하는 수레에 싣고, 서역 서른여섯 나라 임금들은 각각 조공할 보물을 가지고 뒤에서 따라왔다. 구경하는 사람들이 길을 가득 메우고 백여 리까지 이어져 장안성이 텅 빌 정도였다.

천자는 양소유에게 대승상 위국공의 벼슬을 내리고, 삼만 호를 식읍으로, 황금 만 근과 백금 십만 근, 촉 지방에서 나는 비단 십만 필, 좋은 말 천 필을 상으로 내렸다. 이외의 갖가지 진귀한 보물은 이루다 헤아리기 어려웠다. 양소유가 대궐에 나아가 은혜에 감사드리니, 천자가 태평연을 열어 신하들과 함께 즐기고 승상의 모습을 능연각에 그리라고 했다.

양소유가 대궐을 나와 정 사도의 집에 가니 정씨 집안사람들이 승상을 맞이하여 공 세운 것을 축하했다. 양소유가 사도와 부인의 안부를 물으니, 정십삼이 말했다.

"숙부와 숙모는 겨우 몸을 보전하고 계시나, 누이의 죽음으로 너무 마음을 상하셔서 기운이 그전 같지 않으시구려. 승상이 왔어도 바깥 당으로 나오실 수 없으니, 나와 함께 들어가 뵈는 것이 좋겠소이다."

양소유가 이 말을 듣고 한참을 말을 잇지 못하다가 물었다.

"누가 죽었다는 말이오?"

"숙부님은 아들이 없고 오직 외동딸뿐이었으니, 이런 지경에 어찌 마음이 상하지 않을 수 있겠소. 승상이 뵙거든 가슴 아픈 이야기는 하지 않는 것이 좋겠소."

양소유가 자기도 모르게 눈물을 떨구다가 마음을 진정하고 정십삼과 함께 들어가 정 사도와 최 부인을 뵈었다. 정 사도와 최 부인이 양

● **대승상 위국공**(大丞相 魏國公) 승상 중에서 으뜸 승상이자, 위나라의 제후를 말한다.
● **식읍**(食邑) 국가에서 공이 있는 신하에게 상으로 내려 주는 땅으로, 거기에서 거두어들인 조세를 받아 쓰게 했다.
● **촉**(蜀) 사천성의 옛 이름.
● **태평연**(太平宴) 전쟁에서 이기고 나서 베푸는 잔치.
● **능연각**(凌煙閣) 당 태종 때, 공이 있는 신하들의 초상을 그려 보관한 누각.

소유가 공을 세워 성공한 것을 축하할 뿐, 정 소저에 대한 말은 일절 하지 않았다.

"제가 조정의 덕을 입어 높은 벼슬을 받았지만, 곧 벼슬을 반납하고 전날 행한 약속을 지키려 했는데, 일이 여기에 이르니 참담한 마음 가눌 길이 없습니다."

"만사가 하늘에 달려 있으니 어찌 사람의 힘으로 하겠나? 오늘은 승상에게 기쁜 날인데, 다른 말을 하겠는가?"

인사를 마치고 화원으로 가니 가춘운이 맞이하고 머리를 조아려 인사를 했다. 양소유가 가춘운을 보자 더욱 슬픔을 참을 수가 없어 다시 눈물을 흘렸다. 이에 가춘운이 말했다.

"승상께서는 기쁜 날 왜 우십니까? 눈물을 거두시고 제 말을 들어 보십시오. 우리 낭자는 본래 하늘 선녀였는데, 잠시 속세로 귀양을 오셨던 것입니다. 다시 하늘로 올라가시던 날 첩에게 말씀하셨습니다. '너는 양 승상께 돌아가 그분을 모시어라. 승상께서 돌아오시면 천자께서는 분명 공주와 혼인하라고 명하실 것이다. 공주의 인품과 자질이 군자의 배필이 되기에 합당하시다 하니, 반드시 천자의 명을 따르라고 말씀드려라.'"

양소유가 이 말을 듣고 더욱 슬퍼했다.

"소저가 남긴 명령이 그와 같다면 내가 어찌 슬퍼하지 않을 수 있겠는가? 더구나 소저가 임종할 때 나를 그토록 생각했다니, 내 열 번 죽어도 소저의 은덕을 갚기가 어렵겠구나."

이어 전날 꾸었던 꿈에 대해 말하니, 가춘운이 말했다.

"소저는 분명히 천당에 계실 것입니다. 모든 일이 전생에서 이미 정해진 것이니, 승상께서는 너무 슬퍼하지 마십시오."

"소저가 그밖에 또 무슨 말씀을 하시던가?"

"소저께서는 춘랑은 당신과 한몸이나 마찬가지니, 승상께서 당신을 잊지 못하시겠다면 부디 춘랑을 버리지 말아 달라고 하셨습니다."

"소저가 남긴 말이 그와 같으니, 맹세코 춘랑을 잊지 않겠다."

다음 날 천자가 양소유를 불렀다.

"전에 공주의 혼사 문제로 태후께서 엄명을 내려 짐의 마음이 편치 않구나. 정씨 집 딸이 죽었다고 하니, 그래도 공주와의 혼인을 거절하겠느냐?"

"지금은 이미 정녀가 없는데, 제가 무슨 말을 하겠습니까. 다만 미천한 가문과 어리석은 모습이 천자의 사위가 될 자격이 있는지 걱정입니다."

천자가 크게 기뻐하고 혼인날을 가려 정하라 하면서 말했다.

"전엔 혼사가 될 것인가 안 될 것인가가 걸려 있어서 자세히 말은 못했다만, 짐에게는 누이가 둘인데 모두 현숙하다. 지금 경에게 함께 시집보내려고 한다."

승상이 전날의 꿈을 생각하고 더욱 기이하다 생각하며 아뢰었다.

"신이 천자의 사위로 뽑힌 것도 외람된 일인데, 거기다가 두 공주를 보내 주시니 신이 어찌 감당하겠습니까."

"경의 큰 공에 보답코자 하는 것이다. 누이 둘이 우애가 지극해서 떨어지지 않으려 한다. 그래서 태후께서 특별히 명령을 내리셨으니, 경

은 사양치 말라. 또 궁인 진 씨는 본래 사족인데, 문장에 능하고 모습
도 아름다워 누이들이 사랑한다. 역시 첩으로 딸려 보내니, 경은 그리
알고 있으라."

양소유가 잇달아 머리를 조아리며 은혜에 감사할 뿐이었다.

한편 영양 공주가 궁중에서 한 달여를 지내고 정성과 효도를 다하
여 태후를 섬기며 난양 공주, 진 씨와 정이 동기 같으니 태후가 더욱
사랑했다. 혼인날이 다가오자 태후는 영양에게 위국 좌부인, 난양에

게 위국 우부인, 진 씨에게는 숙인 벼슬을 내려 주었다.

 길일이 되자 양소유는 기린 수를 놓은 두루마기에 옥대를 두르고
두 공주와 맞절을 하는데, 그 위엄스런 모습이 산과 바다같이 엄숙하
였다. 예가 끝나고 자리에 앉자 이어서 진 숙인이 첩의 예를 올렸다.

● **숙인**(淑人) 고급 관리 집안의 부녀자에 대한 칭호.
● **기린**(麒麟) 상상 속의 동물로, 일각수(一角獸)라고도 한다.
● **옥대**(玉帶) 관리의 근무복인 공복(公服)에 두르던, 옥으로 장식한 띠.

세 선녀가 한곳에 모이니 광채가 방 안에 가득하고 오색이 휘황찬란했다. 양소유는 정신이 황홀하여 꿈인가 생시인가를 의심할 지경이었다. 첫날은 영양 공주와 밤을 지냈다. 다음 날 일찍 일어나 태후께 문안을 올리니, 태후가 양소유에게 잔치를 베풀어 주었다. 두 번째 날은 난양 공주와 밤을 지냈다. 다음 날도 또 잔치를 베풀어 주었다. 세 번째 날은 진 숙인의 방으로 갔다. 비단 장막을 늘어뜨리고 은촛대를 내올 적에 숙인이 문득 눈물을 떨구었다. 승상이 놀라 물었다.

"숙인이 즐거운 날에 슬퍼하니, 혹시 마음속에 숨긴 것이 있는 게 아니오?"

"승상께서 첩을 알아보지 못하시니, 그동안 첩을 잊고 계셨군요."

양소유가 문득 깨달아 두 손을 잡으며 말했다.

"이게 누구요? 화주 진 낭자가 아니시오?"

진채봉이 어느새 흐느꼈다. 양소유가 주머니 속에서 진채봉이 지은 〈양류사〉를 꺼내 놓으니, 진채봉 또한 양소유가 지은 시를 내놓았다. 두 사람은 슬퍼하면서 서로 오랫동안 쳐다보기만 했다.

"승상께서는 〈양류사〉에 얽힌 인연만 알고 비단 부채의 인연은 모르시는군요."

숙인이 상자를 열고 시가 쓰인 부채를 내어 보여 주며 앞뒤 사정을 말해 주자, 양소유가 말했다.

"화음이 반란군에게 쫓긴 뒤에 그대의 생사를 알지 못하게 되자, 다른 곳에 혼사 이야기가 있었소. 늘 화산과 위수를 지날 때면 목에 가시가 걸린 듯했소. 오늘에야 하늘이 사람의 소원을 들어준다는 것을 알겠소. 다만 그대를 첩으로 삼아 미안할 뿐이오.”

“애당초 군자께서 정혼하신 곳이 있으면 소실이라도 되기를 원했습니다. 그런데 지금 황실 따님들과 함께 군자를 모시게 되었는데, 어찌 한스럽게 생각하겠습니까.”

옛정을 되새기며 함께 밤을 보내니 첫째, 둘째 밤보다 더욱 친밀하고 즐거웠다.

다음 날 양소유가 난양 공주와 함께 영양 공주의 방에서 만나 조용히 잔을 나누었다. 영양 공주가 진 숙인을 청하려고 시녀를 불렀다. 양소유가 영양 공주의 목소리를 듣고 이상한 생각이 들었다. 당초 정 씨 집에 가서 거문고를 탈 적에 들었던 소저의 목소리와 모습이 눈에 익었던 것이다. 모습을 다시 보니 더욱 똑같다고 느끼고 생각했다.

‘세상에는 참으로 닮은 사람도 있구나. 내가 정 소저와 혼인을 정할 때 함께 살고 같이 죽으리라 했는데, 소저는 외로운 무덤 속에서 누웠겠구나.’

이렇듯 생각하니 얼굴빛이 구슬퍼졌다. 영양 공주는 지혜로운 여자이니 어찌 그 마음을 모르겠는가. 옷깃을 여미고 양소유에게 물었다.

“첩이 들으니, ‘임금의 근심은 신하에게 욕이 된다.’고 합니다. 여자가 군자를 섬기는 것은 군신 사이와 같습니다. 상공께서 술을 대하시고도 슬픈 기색이 있으시니, 감히 그 까닭을 알고자 합니다.”

양소유가 잘못을 깨달아 다른 말을 하지 못하고 곧바로 말했다.

● 위수(渭水) 위하(渭河)를 말하는 것으로, 감숙성 위하현 조소산에서 물줄기가 시작되어 황하로 들어간다.

"공주를 속이지 못하겠군요. 예전에 정혼했던 정씨 집 딸이 영양 공주와 그 모습이며 목소리가 너무나도 같기에 옛일을 생각하느라 그랬소이다. 부인에게 의심을 드렸으니 미안하오."

영양 공주가 이 말을 듣고 얼굴이 붉어지더니, 일어나서 안으로 들어가 오래도록 나오지 않았다. 양소유가 시녀를 시켜 모셔 오게 했지만, 시녀 또한 나오지 않자 난양 공주가 말했다.

"영양은 태후께서 사랑하셔서 성품이 교만하여 첩 같지가 않습니다. 그런데 갑자기 상공께서 영양을 정씨 딸과 비교했으니 화가 난 모양입니다."

양소유가 진 숙인을 보내 사과의 말을 전하니, 진 숙인이 말했다.

"영양 공주께서 말씀하였습니다. '첩이 비록 미천하나, 태후가 사랑하시는 딸입니다. 정녀가 비록 아름답다 하나, 여염집 미천한 여자에 불과합니다. 하물며 정녀는 남녀 간의 예의조차 모르고 외간 남자에게 얼굴을 자랑하고 말을 나누었으니, 그 잘못이 큽니다. 또 혼사가 어그러지자 원망을 품고 병을 얻어 청춘에 일찍 죽었으니, 팔자가 사납습니다. 그리고 상공께서 정녀의 얼굴과 목소리를 기억하고 있으니, 이는 거문고로 여자를 유혹한 것입니다. 첩은 이제 궁궐 깊숙한 곳에서 혼자 늙어 가겠습니다. 동생은 성품이 유순하니 그녀와 백년해로하십시오.'"

양소유도 마음속에 화가 나서, '황실 딸이 이렇게 위세를 부리니, 부마 되기가 참으로 어렵구나.' 하고 생각하다가 난양 공주에게 말했다.

"내가 정녀와 만나게 된 데에는 사연이 있습니다. 지금 영양 공주가 정녀를 음란하다고 욕한 것은 내가 관계할 바 아니지만, 죽은 사람에게까지 욕을 한다는 것은 지나친 일입니다."

"제가 들어가서 언니를 타일러 보겠습니다."

난양 공주는 들어간 뒤 해가 저물도록 소식이 없다가 시녀를 시켜 말을 전했다.

"언니를 이래저래 타일러 보았지만, 마음을 돌이키지 않습니다. 애당초 언니와 사생고락을 함께하리라 맹세했으니, 첩도 이제 언니와 함께 있겠습니다. 언니가 궁궐 깊숙한 곳에서 혼자 늙는다면 첩 또한 그렇게 할 것이니, 상공께서는 숙인의 방으로 가셔서 평안히 쉬십시오."

양소유는 화가 많이 났지만 참고 말을 하지 않았다. 진 숙인이 양소유를 모시고 자신의 방으로 갔다. 그러고는 화로에 향을 피우고 상아로 꾸민 침상에 비단 이불을 펴고 승상에게 말했다.

"첩이 비록 천한 몸이오나 일찍이 들으니, '처가 집에 없거든 첩이 남편을 모시되 잠자리는 감히 못 한다.'고 하더군요. 상공께서는 혼자서 편히 쉬십시오. 첩은 물러갑니다."

양소유가 만류하기도 어려워 그냥 가도록 놓아두고는 생각했다.

'이들이 작당하여 대장부를 놀리는구나. 내가 어찌 저들에게 애걸하겠는가. 내가 전날에 정씨 집 화원에 살 적에 낮에는 십삼랑과 술집에서 술을 먹고, 밤에는 춘운과 등불 아래에서 마주 보며 술을 마시며 즐겁게 보냈는데, 지금 부마 된 지 삼 일 만에 험한 일을 당하는구나.'

양소유가 마음이 괴로워 창을 열고 보니, 은하수는 궁성 위에 떠 있고 달빛은 정원에 가득했다. 신을 끌고 옥계단을 배회하다가 멀리 영양 공주의 방 쪽을 바라보니 창에 불빛이 환했다. 조용히 그쪽으로 다가가니, 두 공주가 이야기를 나누면서 주사위 놀이를 하는 소리가 들렸다. 가만히 창틈으로 엿보니 진 숙인이 공주들 앞에서 다른 한 여자와 놀이를 하고 있었다. 그 여자가 몸을 돌려 촛불을 돋우는데, 바로 가춘운이었다. 가춘운은 결혼식 때 구경차 궁궐에 들어왔다가 며칠 동안 몸을 숨기고 양소유를 만나지 않고 있었다. 양소유가 놀라 의아해 하면서, '춘랑이 어찌하여 여기에 왔을까?' 하고 생각했다.

갑자기 진 숙인이 주사위를 던지면서 말했다.

"그냥 놀자니 재미가 없군. 춘랑, 내기를 하세."

"저는 가난한 사람이어서 내기에서 이기면 술 한 잔, 음식 한 그릇이면 족합니다. 숙인께서는 공주를 모시면서 궁중에서 사시니, 몸은 비단옷에 질리고 입은 산해진미에 물렸을 텐데, 제가 무엇으로 감당하겠습니까?"

"내가 지면 내 옷과 머리 꽂이개를 춘랑이 달라는 대로 다 줄 것이고, 춘랑이 지면 내 청을 들어주면 될 것이네. 내가 전에 두 분 공주께서 비밀 이야기 하시는 것을 들으니, 춘랑이 귀신이 되어서 승상을 속였다 하던데, 그 사연을 상세히 말해 주게나."

가춘운이 영양 공주에게 말했다.

"소저께서는 평소 저를 사랑하셨는데, 어찌 이런 말씀을 하십니까. 대체 무슨 말씀을 공주님께 하셨는지요? 숙인도 들었다니 누군들 듣지 않았겠습니까. 저는 이제 다른 사람을 볼 면목이 없습니다."

난양 공주가 영양 공주에게 물었다.

"춘랑의 이야기는 저도 자세히 듣지 못했습니다. 정말 승상이 속았나요?"

"어찌 속기만 했겠습니까? 승상이 겁내는 모습을 보고자 했는데, 두려워하기는커녕 귀신을 좋아했지요. 여자를 좋아하는 남자를 여자에 굶주린 귀신이라 하니, 귀신이 어찌 귀신을 무서워하겠습니까?"

모두들 크게 웃었다.

양소유가 그제야 영양 공주가 바로 정 소저인 것을 알았다. 옛일을 생각하니 너무나도 반가워 창을 열고 들어가려다가 갑자기, '그녀가 이미 나를 속였으니, 나도 또한 저를 속이리라.' 생각하고, 몰래 진 숙인의 방으로 돌아와서 잠자리에 들었다.

다음 날 진 숙인이 오랫동안 방 밖에서 기다렸으나, 해가 높이 뜨도록 양소유가 일어나지 않고 이따금 신음 소리만 들려왔다.

"상공! 어디가 편찮으십니까?"

양소유가 일부러 사람을 알아보지 못하는 듯 헛소리를 했다.

"상공께서는 어찌 이상한 말씀을 하십니까?"

양소유가 한참 얼이 빠져 있다가 진 숙인을 알아보는 듯 말했다.

"밤새 귀신들과 이야기를 나누었으니, 내 몸이 어찌 편하겠소?"

진 숙인이 다시 물어보았지만, 양소유는 대답도 하지 않고 돌아누웠다. 진 숙인이 걱정이 되어 공주들에게 아뢰었다.

"승상이 정신이 어릿하여 사람을 알아보지 못하고, 어두운 데를 보면서 계속 이상한 말만 하십니다. 천자께 아뢰고 궁중 의사에게 보여야 할 것 같습니다."

이렇게 의논할 때 태후가 듣고 두 공주를 불러다 나무랐다.

"너희가 승상을 놀려서 병이 났나 보구나. 빨리 가서 문병하거라. 가보지 않으면 그게 어찌 도리란 말이냐. 진짜로 병이 들었으면 궁중 의사에게 치료하라 명을 내릴 것이다."

영양 공주가 어쩔 수 없이 난양 공주와 함께 양소유의 방 앞까지 갔지만 난양 공주와 신 숙인만 들여보냈다. 양소유가 난양 공주를 한참 쳐다보다가 갑자기 알아보는 듯하면서 길게 한숨을 쉬었다.

"내 목숨이 끝난 듯하니 이제 이별해야겠습니다. 영양 공주는 어디에 계십니까?"

"상공께서는 병도 없으시면서 어찌 그런 말씀을 하십니까?"

"어젯밤에 꿈인지 생시인지 정 소저를 만났는데, 약속을 배반했다고 화를 내면서 진주를 주기에 받아먹었소. 나쁜 징조인 듯합니다. 지금도 눈을 감으면 정 소저가 내 앞에 서 있습니다. 내 목숨이 오래 남지 않은 것 같으니 어서 영양 공주를 만나 보고 싶소이다."

그러면서 맥이 빠진 듯 힘들어 하면서 어두운 곳을 향해 헛소리를 해 댔다. 난양 공주가 걱정이 되어 밖으로 나가 영양 공주에게 말했다.

"승상의 병은 의심해서 생긴 것이니, 언니가 아니면 물리칠 수 없을 것 같습니다."

양소유의 말을 전하자 영양 공주가 반신반의하면서 머뭇거리니, 난양 공주가 손을 잡고 같이 들어갔다. 양소유가 여전히 헛소리를 하는데, 모두가 정 소저와 관련된 말이었다.

"영양 공주가 왔으니 눈을 떠 보십시오."

양소유가 손을 들고 일어나려 하자, 영양 공주가 침상으로 다가서서 부축해 앉혀 주었다.

"내가 천자의 은혜를 입어 두 분 공주와 백년해로하기를 바랐는데, 나를 저승으로 잡아가려는 사람이 있으니 곧 이 세상을 떠나야겠소."

"승상께서는 세상 이치를 아는 장부이신데, 어찌 그리 이상한 말씀을 하십니까? 설사 정 소저의 혼이 있다 해도 깊은 궁궐은 온갖 신령이 호위하는데, 어떻게 여기까지 들어와서 사람을 해치겠습니까?"

"정 소저가 바로 내 옆에 있는데, 왜 없다고 하십니까?"

그러자 난양 공주가 참지 못하고 말했다.

"옛사람이 활 그림자를 보고 뱀이라고 했다더니, 승상이 그와 같으시군요. 승상께서 정 소저의 귀신이 보인다고 하시는데, 만약 살아 있는 정 소저를 보시면 어떻게 하시겠습니까?"

양소유가 그런 일은 없을 것이라며 머리를 흔들었다. 이에 영양 공주가 말했다.

"승상이 살아 있는 정 소저를 보시고자 하십니까? 제가 바로 정경패입니다."

양소유가 놀란 척하면서, "어떻게 이럴 수가 있습니까?" 하고 묻자, 난양 공주가 자초지종을 설명했다.

"태후께서 정 소저를 사랑하셔서 영양 공주로 삼고 저와 함께 군자를 섬기게 하셨습니다. 이 말은 진짜입니다. 그렇지 않다면 영양 공주의 모습이랑 말소리가 어떻게 정 소저와 같을 수 있겠습니까?"

양소유가 대답하지 않고 한참을 있다가 말했다.

"내가 정씨 집에 있을 때 정 소저의 여종 춘운이 내 시중을 들었는데, 불러 주면 할 말이 있소이다."

"춘운도 지금 영양 공주를 뵈러 들어와 있습니다."

가춘운이 창밖에서 기다리다가 들어와 뵈었다.

"상공의 귀한 몸은 좀 어떠하신지요?"

"춘운만 남고 모두 잠깐 나가들 계시오."

두 공주와 진 숙인이 밖에 나가서 기다리고 있었다. 양소유가 빗질하여 씻고 의관을 정제한 뒤, 가춘운을 시켜 세 사람을 불렀다.

다들 들어가 보니 양소유에게는 병이 있는 기색이 전혀 없었다. 영양 공주가 속은 줄 알고는 미소를 머금고 고개를 숙였다. 난양 공주가 물었다.

"승상의 병환이 어떠하십니까?"

승상이 정색을 하고 말했다.

"제가 본래 병이 없었는데, 근래 풍속이 크게 그릇되어 부녀자가 패를 지어 대장부를 함부로 속이는 탓에 병이 들었소이다."

난양 공주와 진 숙인은 웃음을 머금고 대답을 못하는데, 영양 공주가 말했다.

"이 일은 저희가 알 바 아닙니다. 승상께서 병을 물리치시려면 태후께 여쭤 보십시오."

양소유가 마침내 참지 못하고 크게 웃으면서 영양 공주에게 말했다.

"부인을 다음 생에서나 만나려나 했는데, 이생에서 다시 만나니 꿈은 아니겠지요?"

태후가 양소유의 병을 물으니, 진 숙인에게서 승상이 상태가 좋아졌다는 이야기를 듣고는 크게 웃으며 말했다.

"내 처음부터 의심했었다."

그러고 나서 태후가 양소유를 불러 보았다. 양소유가 두 공주와 함께 태후를 알현하니, 태후가 말했다.

"승상이 전날 정 소저와의 인연을 이루었다고 하니, 기쁜 일이로다."

"성은이 넓고 넓으셔 천지조화와 다를 바 없으니, 신이 비록 한 몸 없어진다 해도 만분의 일이라도 갚을 수 없겠습니다."

"우연히 희롱했는데 무슨 은혜가 있겠는가? 승상이 내 딸들을 버리지 않는다면, 그게 이 늙은이에게 보답하는 것이다."

양소유가 조정에서 나랏일을 처리한 뒤, 모친을 모셔 올 수 있도록 말미를 요청하는 상소를 올리자, 천자가 허락하고 빨리 돌아오라 당부했다. 양소유가 십육 세에 집을 떠나 삼사 년 만에 승상이라는 높은 벼슬에다 위국공이라는 표장을 지니고 고향에 돌아와 모친께 인사를 올리니, 유 부인이 기쁘기 한량없어 눈물만 흘렸다. 양소유가 유 부인을 모시고 길을 떠나자 여러 지방의 관리들이 모두 다 마중을 나와 모시니, 그 영광이 비길 데가 없었다. 양소유가 낙양을 지나면서 계섬월과 적경홍을 찾아보았지만, 길이 어긋나 둘 다 장안으로 올라간 지 오래되었다는 소식을 들었다.

여러 날 걸려 궁궐에 도착하니 두 공주가 유 부인에게 공손히 절하고 금과 은과 비단을 열 수레나 내려 주면서 부인의 장수를 빌었다. 날을 잡아 유 부인을 모시고 나라에서 내려 준 새 집으로 들어가니, 두 공주와 진 숙인이 폐백을 받들어 며느리의 예를 올렸다.

양소유가 삼 일 동안 유 부인의 장수를 비는 잔치를 열자, 천자가 악사를 보내 주고 조정 관리들이 모두 축하해 주었다. 양소유가 색동 옷을 입고 두 공주와 차례대로 옥술잔을 받들어 장수를 빌자, 유 부인이 기쁨을 감추지 못했다. 그때 문지기가 아뢰었다.

"문밖에 섬월과 경홍이라는 두 여인이 대부인과 승상, 두 공주께 문안을 드린다 합니다."

승상이, '계섬월, 적경홍, 두 사람이 왔구나.' 하고 생각하며, 유 부인께 말씀드리고 두 사람을 불러들였다. 두 사람이 당 아래에서 머리를 조아리니, 모두 감탄하면서 말했다.

"낙양의 계섬월과 하북의 적경홍, 그 이름을 들은 지 오래였는데, 과연 절색이구나. 양 승상의 풍류가 아니면 어찌 이들을 만날 수 있었겠는가?"

계섬월과 적경홍이 함께 일어나 구슬 신을 신고 비단 자리에 올라가 긴 소매를 흩날리며 춤을 추니, 지는 꽃과 버들가지가 봄바람에 흩날리는 듯 구름 그림자며 눈발이 휘장 속으로 드나드는 듯했다. 유 부인과 두 공주가 금과 보배 구슬이며 비단을 섬월과 경홍에게 상으로 내려 주었다. 또 진 숙인은 섬랑과 손을 잡고 반기며 옛일을 이야기했고, 영양 공주는 옥잔에 술을 따라 섬랑에게 중매해 준 일을 감사했다. 그러자 유 부인이 양소유에게 말했다.

"너희가 섬월이 중매해 준 것만 감사하고 내 외사촌 누이가 중매해 준 일은 생각하지 못하느냐?"

이 말에 사람을 보내 자청관 두 연사를 모셔 오게 했다. 그러나 두 연사는 구름처럼 떠돈 지 삼 년이 되었고, 아직 돌아오지 않았다고 했다. 소식을 들은 유 부인이 한탄해 마지않았다.

첩들이 재주를 겨루다

적경홍과 계섬월이 들어온 뒤에 함께 사는 여인들이 많아져서 양소유는 각각 거처할 곳을 정해 주었다. 정당의 이름은 경복당이니, 유 부인이 거처하는 곳이다. 그 앞 연희당에는 좌부인 영양 공주가 살고, 경복당 서쪽 봉소궁에는 우부인 난양 공주가 산다. 연희당의 앞쪽 응향각과 그 앞 청하루 두 채는 양소유가 평소 거처하면서 궁중 잔치를 여는 곳이다. 청하루 앞 최사당과 그 앞 예현당 두 채는 양소유가 손님을 접대하고 공무를 보는 곳이다. 봉소궁 앞 희진원은 진 숙인의 집이다. 연희당 동남쪽 별당 영춘각은 가춘운의 집이다. 청하루의 동서에 각각 직은 누각이 있는데, 푸른 창에다 붉은 난간이 대단히 화려하고 청하루와 응향각에 통해 있다. 동쪽을 산화루라 하고 서쪽을 대월루라 하니, 계섬월과 적경홍의 거처다.

궁중에는 풍악을 하는 기생 팔백여 명이 있었는데, 재주와 용모를 엄격하게 가려 뽑아 좌부 사백 명은 계섬월이 이끌고, 우부 사백 명은 적경홍이 이끌면서 춤과 노래와 악기를 가르쳤다. 매월 세 번 청하루에 모여 훈련하면서 재주를 견주는데, 이따금 양소유와 두 부인이 대부인을 모시고 친히 등급을 매겨 양쪽 교사에게 상과 벌을 주었다. 이긴 쪽에게는 상으로 술 석 잔을 주고 꽃 한 송이를 머리에 꽂아 주었으며, 진 쪽은 벌로 물 한 그릇을 주고 이마에 먹으로 점 하나를 찍으니, 이 때문에 재주들이 점점 좋아졌다.

하루는 두 공주가 유 부인을 모시고 이야기를 하고 있었다. 양소유가 월왕의 편지를 들고 들어와서 난양 공주에게 주었다. 그 편지의 내용은 이러했다.

전에는 나라에 일이 많아 명승지에 놀러 가는 사람이 끊어지고, 춤추고 노래하던 땅에도 거친 풀만 우거지게 된 지 오래되었습니다. 지금은 천자의 위엄과 덕을 힘입고, 승상이 부지런히 노력하시어 천하가 태평하고 백성이 안락하니, 옛적의 번성함을 회복하였습니다. 봄빛은 늦어 가고 꽃과 버들이 한창이니, 바라건대 승상과 함께 낙유원에서 사냥 모임을 가져 태평한 기상을 이루는 데 조금이나마 도움이 되고자 합니다. 승상이 좋다고 생각하시면 날짜를 정해 보내 주십시오.

• **정당**(正堂) 한 구획 내에 지은 여러 채의 집 가운데 가장 주된 집채.
• **낙유원**(樂遊原) 섬서성 장안현의 지명.

난양 공주가 말했다.

"월왕 오라버니의 뜻을 아시겠습니까?"

"무슨 깊은 뜻이 있겠습니까. 꽃 피고 버들 흩날리는 계설에 즐기자는 것에 불과하니, 한가한 귀공자에게는 늘 있는 일이지요."

"승상께서 상세히 알지 못하시는군요. 이 오라버니가 좋아하는 것은 미인과 풍악입니다. 궁중에 절세가인이 한둘이 아닌데, 근래 한 미인을 얻으니, 무창 사람 옥연입니다. 제가 비록 보지는 못했지만, 재주와 용모가 천하에 으뜸이라고 합니다. 제 생각에는 월왕이 우리 궁중에 미인이 있다는 말을 듣고 한번 겨루어 보자는 것 같습니다."

"나는 대강 보고 지나쳤는데, 공주가 월왕의 뜻을 아셨군요."

영양 공주가 말했다.

"비록 즐기는 일이라 할지라도 남에게 질 수 있겠습니까?"

영양 공주는 이어 적경홍과 계섬월을 쳐다보면서 말했다.

"군사는 십 년을 길러서 하루아침에 쓴다.'고 했다. 이번 일은 그대 두 사람에게 달렸으니, 힘을 좀 써 줘야겠다."

계섬월이 말했다.

"천첩은 감당치 못하겠습니다. 월궁의 풍악은 천하에 유명합니다. 특히 무창 기생 옥연의 이름은 그 누가 들어보지 못했겠습니까. 첩이 남에게 비웃음을 당하는 것은 관계없으나, 위씨 집안이 욕됨을 당할까 두렵습니다. 첩은 자신이 없으니 홍랑에게 물어보십시오. 첩은 본래 섬약한 사람이라서 벌써 목구멍이 간질거려 노래도 부를 수 없을 것 같고, 얼굴이 화끈거려 못하겠습니다."

적경홍이 벌컥 화를 내며 계섬월에게 말했다.

"섬랑, 거짓말이요, 참말이오? 우리 두 사람이 관동 칠십여 주를 돌아다니면서 유명하다는 미녀들과 뛰어나다는 풍악을 보고 듣지 않은

• 무창(武昌) 호북성의 현 이름.

것이 없었고, 다른 사람에게 져 본 적도 없었는데, 왜 옥연에게만 양보한단 말이오."

"홍랑은 무슨 말을 그리 쉽게 하시오. 우리가 관동에 있을 적에야 오고 가던 곳이 태수나 방백의 모임에 불과해서 강적도 겪어 보지 못했지요. 그런데 지금 월왕께서는 황실에서 나고 자라서 안목이 높으시기가 산과 같으니, 어찌 옥연을 얕잡아 볼 수 있겠소. 홍랑이 이처럼 우쭐대는데, 첩이 홍랑의 단점을 말씀드리겠습니다. 홍랑이 처음에 연왕의 천리마를 타고 한단 땅의 소년인 척하고 승상을 속일 수 있었소. 만일 조금이라도 여자의 자태가 있었다면 승상께서 남자로 오해할 수 있었겠소? 그런데도 지금 오히려 첩을 향해 큰소리를 치니 우스운 일 아니오?"

"사람 마음이란 헤아리기가 어렵군요. 첩이 승상을 따르기 전에는 섬랑이 저를 하늘 사람이라 높이 평가하더니, 이제는 한 푼어치도 안 된다고 얕잡아 보는군요. 이것은 승상께서 첩을 사랑하시니 섬랑이 총애를 독차지하지 못하여 시기하는 것에 불과한가 하오."

적경홍과 계섬월이 이렇게 다투자 모두들 한바탕 웃었다.

적경홍과 계섬월은 팔백여 명의 궁중 기생을 모아 놓고, 용모를 다듬고 풍악을 연습하며 거문고 줄을 고쳐 매고 치마끈도 질끈 매면서 준비를 철저히 하였다.

나음 날 일찍 양소유는 군복을 갖춰 입고 활과 화살을 차고는 흰 천리마에 올라 군사 삼천 명과 함께 낙유원으로 향했다. 계섬월과 적경홍은 선녀처럼 차려입고 비룡처럼 날랜 말에 올라앉아 양소유를 따랐다. 기생 팔백 명도 화려하게 단장하고 그 뒤를 이었다. 가는 길에 양소유는 월왕을 만나 나란히 말을 타고 갔다.

바로 그때 갑자기 사슴 한 마리가 군병들에게 쫓겨 월왕 곁을 뛰어 지나갔다. 월왕이 장수들에게 쏘게 했는데, 여러 명이 쏘았지만 맞지 않았다. 월왕이 노하여 말을 달리며 화살 하나를 쏘아 사슴의 겨드랑 이를 맞춰 쓰러뜨리니 군사들이 만세를 불렀다.

그런데 그때 고니 한 쌍이 높이 구름 사이로 날아갔다.

"이 새는 매우 잡기 어려우니, 매를 날려 잡아야 할 것입니다."

군사들이 말하자 양소유가 웃으며 말했다.

"잠깐 멈추어라."

그러고는 허리에서 천자가 하사한 활과 화살을 꺼내어 몸을 비끼면 서 쏘아 고니 머리를 맞춰 말 앞에 떨어뜨리니, 월왕이 매우 칭찬하면 서 말했다.

"승상의 신묘한 재주는 사람이 따를 바가 아닙니다."

두 사람이 함께 산호와 옥으로 만든 채찍을 들어 동시에 내리치니, 두 마리 말이 마치 별똥별이 흐르고 번개가 내리치듯 순식간에 넓은 들을 지나 높은 언덕에 올랐다. 나란히 산천 풍경을 바라보며 활 쏘고 칼 쓰는 법을 논하는데, 따르는 무리들이 그제야 땀을 흘리면서 따라 와 잡은 짐승의 고기를 구워 옥쟁반에 담아 드렸다. 두 사람이 소나무 숲에서 앉아 칼로 고기를 잘라 먹으면서 몇 잔의 술을 기울였다.

● **방백**(方伯) 지방 행정을 감시하는 일을 맡은 관찰사.

그때 붉은옷을 입은 관원이 성중에서 바쁘게 말을 달려 왔다.

"천자께서 술을 내리셨습니다."

양소유와 월왕이 천천히 장막으로 나가서 기다리는데, 태감이 천자가 내린 황봉어주를 따라 권했다.

술이 오르자 월왕이 승상에게 말했다.

"승상이 저를 각별히 생각하시는데, 제가 고마운 마음을 표하지 못했기에 소첩 몇 명을 데려왔습니다. 불러다가 노래며 춤을 시켜 승상의 장수를 빌고자 합니다."

"혼인한 사이기에 또한 사양할 수도 없습니다. 저의 첩 중에서도 구경코자 따라온 자가 있으니, 대왕께 보여 답례하고자 합니다."

적경홍과 계섬월, 그리고 월궁의 네 미인이 장막에서 나와 머리를 조아리고 인사를 올렸다.

양소유가 말했다.

"네 미인의 꽃 같은 이름은 어떻게들 되는가?"

"첩 등은 금릉 두운선, 진류 설교오, 무창 만옥연, 장안 해연연이라 합니다."

적경홍과 계섬월이 월궁의 네 미인과 함께 맑은 노래와 정묘한 춤으로 손님들의 장수를 비니, 마치 봉황이 쌍쌍이 울고 난새가 마주 보고 춤추는 듯 진정한 호적수를 이루었다. 만옥연의 용모는 적경홍, 계섬월과 비슷한 데다, 나머지 세 사람도 옥연에는 미치지 못했지만 역시 절세의 미인이라 할 만했다.

술기운이 오르자 잔 돌리는 것을 멈추고 모두들 장막 밖으로 나가서 무사들이 짐승을 쏘아 잡는 모습을 구경했다.

월왕이 말했다.

"미녀가 말 타고 활 쏘는 것도 좋은 구경거리입니다. 내 궁중의 기생
중에서 말 타고 화살 쏘는 데 능한 자가 수십 인입니다. 승상의 부중
에도 북방의 여자가 있을 것이니, 모두 선발하여 꿩을 쏘게 하고 구경
하십시다."

양소유가 좋다고 하며 활 잘 쏘는 자 이십 명을 뽑아서 재주를 겨루
게 했다.

적경홍이 양소유에게 아뢰었다.

"첩이 비록 활쏘기를 배우지는 않았지만, 다른 사람이 하는 것을 보
았으니 시험 삼아 한번 쏘아 보겠습니다."

적경홍이 나는 듯 말에 올라 장막 앞을 지나는데, 까투리 한 마리
가 개에게 쫓겨 높이 날아올랐다. 적경홍이 가는 허리를 비틀면서 활
을 퉁기니 오색 깃털이 흩어지며 공중에서 떨어지자, 양소유와 월왕이
만족했다. 적경홍이 되돌아와 말에서 내려 남자 식으로 절을 하며 활
과 화살을 승상에게 돌려주고는 조용히 자리에 앉자, 여러 낭자가 모
두 칭찬했다.

이때 사냥하여 얻은 짐승이 산처럼 쌓였는데, 여자들도 꿩과 토끼
를 많이 잡았다. 월왕과 양소유가 그 공의 등급을 매겨 금과 비단을
상으로 내리고 장막 안으로 들어가니 모든 연주가 그쳤다. 두 사람은

• **황봉어주(黃封御酒)** 임금이 내려 주는 술로, 어사주(御賜酒)라고도 한다.

자리에 앉아 여섯 미인에게 교대로 악기를 연주하게 하고 술잔을 나누었다.

계섬월이 혼자 생각했다.

'우리 두 사람이 비록 월궁의 여자에게 뒤지지는 않는다 해도, 저들은 네 사람이고 우리는 둘밖에 안 되니 좀 불리하다. 춘랑을 데려오지 않은 것이 애석하구나. 노래하고 춤추기는 비록 춘랑의 장기가 아니지만, 용모와 말 상대야 누구에겐들 눌리겠는가?'

문득 내다보니 건너편 길 어귀에서 두 사람이 꽃수레를 몰고 가까이 왔다. 문 지키는 사람이 물으니, 수레를 모는 종이 말했다.

"양 승상의 소실이신데, 사정이 있어 이제야 도착했습니다."

양소유가 불러들이라 하자 수레가 장막 앞에서 주렴을 거두니 두 여자가 나와 서는데, 앞사람은 바로 심요연이요, 뒷사람은 꿈속에서 만났던 동정호 용녀 백능파였다. 양소유가 월왕에게 두 사람을 소개하며 말했다.

"이 두 사람은 제가 토번을 정벌할 때 얻은 첩들입니다. 일이 바빠서 데려오지 못했는데, 제가 대왕을 모시고 즐긴다는 말을 듣고 구경하러 왔는가 봅니다."

월왕이 두 사람을 보니 용모 수려하기는 적경홍, 계섬월에 처지지 않는데, 출중한 기상은 더욱 뛰어나 보였다. 월왕이 부러워하니 월궁의 미인들도 기세가 꺾였다. 월왕이 물었다.

"두 낭자의 용모와 기질이 세상 사람이 아니니, 무슨 재주를 가진 것이 있는가?"

심요연이 대답했다.

"첩은 변방 사람이라서 아직 악기 소리는 들어보지도 못했으니, 무엇으로 대왕을 즐겁게 해 드리겠습니까? 오직 어릴 적부터 제멋대로 칼춤을 배웠는데, 이것은 군대의 오락이지 귀인의 볼거리는 아닙니다."

월왕이 기뻐하면서 양소유에게 말했다.

"옛날 공손대랑이라는 기생이 칼춤으로 천하에 유명했지만, 지금은 곡조도 전해지지 않고 있습니다. 매번 두보의 시를 읊을 때마다 만나보지 못한 것을 안타까워했는데, 낭자가 칼춤을 춘다니 반갑고 즐거운 일입니다."

그러면서 허리에 찬 칼을 풀어 심요연에게 주었다. 심요연이 소매를 걷어붙이고 허리띠를 풀어낸 다음, 비단 자리 위에서 곡조에 맞춰 칼춤을 추었다. 붉게 화장한 얼굴과 흰 칼날이 서로 비춰 마치 삼월의 새하얀 눈이 붉은 복사꽃 숲에 뿌려진 듯했다. 점점 급히 추니 칼빛이 장막에 가득 차고 사람의 모습은 보이지 않았다. 이윽고 흰 무지개가 하늘을 쏘듯 찬바람이 장막을 찢으니, 뼈가 시리고 머

리털이 솟구치지 않은 사람이 없었다. 심요연은 가진 재주를 다 부리면 월왕을 놀라게 할까 봐 칼을 던지고 머리를 조아려 물러났다.

월왕이 비로소 정신을 차리고 심요연에게 물었다.

"사람의 칼춤이 어찌 이럴 수가 있는가? 내 들으니 신선 중에 검술을 하는 자가 있다더니, 낭자가 그 사람이 아닌가?"

"서방의 풍속이 무기를 오락으로 삼는 까닭에 어릴 적부터 보고 배운 것이지, 무슨 도술이 있겠습니까?"

"내가 돌아가거든 궁중에서 몸이 가볍고 춤 잘 추는 여자를 뽑아서 보낼 것이니, 낭자는 사양 말고 가르치는 데 힘쓰라."

이번에는 백능파에게 어떤 재주가 있는지 묻자, 백능파가 대답했다.

"첩의 고향은 옛적 아황과 여영이 놀던 땅입니다. 바람이 맑고 달빛 흰 밤이면 풍류 소리가 지금도 구름과 물 사이에서 들려왔습니다. 어려서부터 그

소리를 흉내 내어 보았지만, 왕께서 들으실 만한 것이 못 될까 두렵습니다."

백능파가 수레 속에서 이십오현 비파를 꺼내 한 곡을 타는데, 슬피 원망하는 듯 맑고도 절절하니 골짜기에서 물이 떨어지고 구월 기러기가 울고 가는 듯, 듣는 사람 모두가 슬퍼하였다. 이윽고 온 숲에 바람이 쌀쌀하게 부니 병든 잎이 어지럽게 떨어졌다.

월왕이 몹시 기이하게 여기면서 말했다.

● **아황(娥皇)과 여영(女英)** 요임금의 딸이자 순임금의 두 부인을 말한다.

"인간의 곡조가 아니다. 하늘과 땅의 조화를 끌어들였다 하겠구나. 낭자는 이 세상 사람이 아닌 듯하다."

이렇게 칭찬하자 만옥연이 월왕에게 아뢰었다.

"첩이 비록 재주는 없지만, 시험 삼아 백랑의 곡조를 따라해 볼까 합니다."

옥연이 쟁을 안고 십삼현으로 이십오현 비파 소리를 하나하나 연주해 내는데, 손을 쓰는 수법이 정묘하고 미끄러지는 듯해서 백능파의 곡조와 조금도 다르지 않았다.

양소유와 적경홍, 계섬월이 모두 칭찬을 그치지 않으니, 월왕이 누구보다도 기뻐했다.

낙유원 잔치는 심요연과 백능파가 뒤따라와서 즐거움을 더했다. 한창 흥이 더 일어났는데, 어느덧 해가 기울었다. 잔치를 끝내고 수고한 사람들에게 금은과 비단을 상으로 준 다음, 월왕과 양소유는 달빛을 받으며 성문으로 들어왔다. 두 집안의 기생들이 길을 나서니 장신구 부딪치는 소리가 흐르는 물소리 같았고, 여인들의 향기는 천 리에 이어졌다. 장안의 남녀들은 거리를 메워 구경을 하는데, 백 세 노인이 눈물을 흘리면서 말했다.

"어릴 적 현종 황제께서 화청궁에 거둥하시던 모습이로다. 늘그막에 다시 태평한 기상을 보는구나."

두 공주가 유 부인을 모시고 진 숙인, 가춘운과 함께 양소유가 돌아오기를 기다리고 있었다. 양소유가 심요연과 백능파를 데리고 유 부인에게 문안을 드리고 나자, 영양 공주가 심요연과 백능파에게 말했다.

"승상께서 늘 심랑과 백랑이 승상의 위험을 구했을 뿐 아니라 나라에도 공이 있다고 말씀하셔서 만나 보기를 손꼽아 기다렸는데, 어찌 이렇게 늦게나 왔소?"

"첩 등은 변방 시골 사람입니다. 승상께서 버리지는 않으셨지만, 두 분 부인께서 잘못되었다고 여기실까 봐 오랫동안 주저하다가 장안에 온 것입니다. 부인의 덕이 높으시다는 말을 듣고 용기를 내어 뵐 마음이 생겼는데, 마침 승상께서 교외에 나가시는 기회에 훌륭한 잔치에 참여하게 되었습니다."

"그래 오늘 승부는 어떻게 되었는가?"

"간신히 이기기는 했습니다."

• **거동(擧動)** 임금의 나들이나 행차.

부인이 둘, 첩이 여섯이라니!

양소유에게는 본부인 둘과 여섯 첩이 있었습니다. 성진 스님 시절에 만났던 팔선녀를, 선비 양소유의 모습으로 태어나 자기의 여자로 삼은 것이지요. 일부 나라에서는 지금도 일부다처제가 허용된다고 합니다만, 대개의 나라에서는 상상하기 어려운 일입니다. 그런데 조선 시대에는 어느 정도 가능한 일이었습니다. 기본적으로 일부일처제였던 조선 사회에서 어떻게 이런 일이 가능했을까요?

〈백동자도〉, 조선, 이화여자대학교 박물관 소장.

아들을 낳아 대를 이어야 하느니

조선 시대 양반들이 생각한 좋은 가정 혹은 훌륭한 가문의 조건은 우선 훌륭한 자식들이 많이 태어나는 것이었습니다. 그래서 여인이 거처하는 방에는 많은 자식을 낳고 싶다는 염원을 담은 '백동자도(百童子圖)' 병풍이 흔히 놓여 있었지요. 여기서 자식은 물론 '아들'을 뜻합니다. 만일 부인이 아들을 낳아서 후계를 잇지 못한다면, 그것은 용서받기 어려운 '죄악'이었습니다. 아들을 낳지 못하는 부인은 내쫓겨도 할 말이 없었습니다. 양반 남성들은 첫 부인이 아들을 낳지 못하면 다른 부인을 맞아들이거나, 첩을 두어 아들을 얻고자 했습니다.

처첩 갈등이 계모와의 갈등으로

조선 사회는 처첩제를 동반한 일부일처제 사회였습니다. 첩은 때로는 노비와 동격으로 취급되곤 했으며, 첩실(妾室), 소실(小室), 측실(側室), 부실(副室) 등으로 불리기도 했지요. 첩은 거의 모든 신분에 걸쳐 존재했습니다. 당시 사

대부 남성들은 첩을 들이면서 '후사를 잇기 위해서'라며 가계 계승을 이유로 들었지만, 사실 첩은 남성 욕망의 대상이었습니다. 그래서 간혹 부인의 눈치를 보느라 첩을 두지 않은 남성이 졸장부로 취급받는 일도 있었지요. 문제는 처와 처, 혹은 처와 첩 간의 갈등, 거기에 더해 계모와 자식 간의 갈등이었습니다. 가정 소설 혹은 가문 소설이라고 하는 《사씨남정기》의 경우 처첩 간의 갈등을 잘 보여 주고, 《장화홍련전》이나 《콩쥐팥쥐》는 계모와 자식 간의 갈등을 이야기하고 있습니다.

가정을 잘 다스려야 진정한 가장!

집안 여자들 사이에 문제가 생기면 집안이 하루도 조용하지 않았을 것입니다. 그래서 조선 시대에는 남자의 역할이 중요하다고 여겼습니다. 남편이 중심을 잘 잡고 나머지 구성원들의 갈등을 현명하게 조정해야 집안이 안정되고, 그것을 바탕으로 가문이 번성할 수 있다고 믿었던 것입니다. 그 역할을 잘 해내야 성공한 가장이라고 칭찬을 받았던 것이지요. 그런데 《구운몽》에서는 그러한 갈등이 드러나지 않습니다. 처음부터 두 처와 여섯 첩이 서로 존중하고 공경하여 일말의 다툼도 일어나지 않습니다. 그 이유는 물론 지아비인 양소유의 훌륭한 성품과 능력 덕분입니다. 이런 의미에서 《구운몽》은 뛰어난 남성이 결국에는 성공하는 이야기임이 다시 증명됩니다.

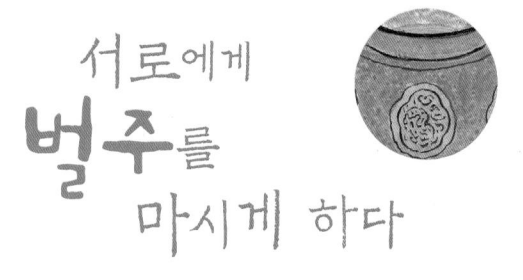

서로에게 벌주를 마시게 하다

다음 날 양소유가 조정에서 물러 나와 집에 돌아오려 하는데, 태후가 양소유와 월왕을 함께 불렀다. 두 사람이 들어가니 영양 공주와 난양 공주도 같이 있었다.

태후가 월왕에게 물었다.

"어제 승부가 어떠했는가?"

"매부의 복은 사람이 대적할 바가 아니었습니다. 그런데 그러한 복이 누이에게도 복이 되는지 물어보십시오."

"공주에게도 복이 되는가 안 되는가는 공주에게 물어보십시오."

태후가 돌아보자 누 공주가 대답했다.

"부부는 한몸이니 영욕과 고락을 달리할 수 없습니다. 승상에게 복이 되면 저희들에게도 복이 됩니다."

이에 월왕이 말했다.

"누이들의 말이 비록 듣기는 좋으나 진짜 마음은 아닙니다. 지금까지 황실 사위 중에서 양 승상같이 제멋대로 행동한 사람이 없었습니다. 조정을 두려워하지 않은 죄를 다스리게 하십시오."

태후가 크게 웃으며 말했다.

"양 승상이 죄가 있기는 하지만, 만약 법으로 다스린다면 우리 딸들이 근심할 것이다."

월왕이 계속 처벌하라고 요구하자 태후가 말했다.

"옛날 황실의 사위 된 자는 감히 첩을 두지 못하였는데, 이는 조정을 공경하고 두려워하기 때문이었다. 더구나 영양과 난양, 두 공주는 용모와 재덕이 선녀와 같다. 그런데도 양 승상이 삼가며 받들려 하지 않고 오히려 미인을 구하고 모으기를 그치지 않으니, 신하 된 자의 도리에 맞지 않는다. 숨기지 말고 바로 아뢰라."

양소유가 머리를 조아리며 아뢰었다.

"신 소유가 나라에 은혜를 입어 높은 관직을 받았으나, 나이 아직 젊어서 소년의 기분을 참지 못하고 집안에 기생 몇몇을 두었습니다. 그러나 숙인 진 씨는 천자께서 내려 주신 사람이고, 첩 계 씨는 신이 서생 때 얻은 사람이며, 가 씨, 적 씨, 심 씨, 백 씨, 이 네 사람이 신을 따른 것은 모두 신이 황실의 사위가 되기 이전입니다. 나중에 집안에 같이 지내게 된 것도 공주들의 권유를 받아들여서이지, 신이 멋대로 한 것은 아닙니다."

태후가 용서하라고 명하자 월왕이 아뢰었다.

"공주가 비록 권했다고 하지만, 집에서 같이 지내는 것이 사리에 맞지 않으니 다시 심문하시기 바랍니다."

양소유가 급히 머리를 조아리며 말했다.

"신의 죄는 만 번 죽을 만합니다만, 예로부터 죄를 지었다 하더라도 공적을 생각하여 용서해 주는 법도가 있습니다. 신이 천자의 사신을 맡아 동쪽으로 삼진을 항복받고, 서쪽으로는 토번을 평정했으니 공이 또한 적지 않습니다. 이것으로 속죄가 될 듯합니다."

"비록 공이 커서 죄를 줄 수 없다 하시지만, 죄를 완전히 용서해 주어서는 안 됩니다. 벌주를 내려야 합니다."

태후가 웃으며 월왕의 말에 따랐다. 궁녀가 백옥잔을 받들고 오자 월왕이 말했다.

"승상은 주량이 고래 같으니, 어찌 이렇게 작은 잔으로 벌주를 내리겠느냐?"

직접 지휘하여 한 말들이 금잔에다 가득 따라서 양소유에게 벌주를 내렸다. 양소유가 네 번 절하고 그것을 단숨에 마셨다. 양소유의 주량이 비록 크다고 하지만, 갑자기 말술을 마셨으니 어떻게 취하지 않을 수 있겠는가. 이에 머리를 조아려 아뢰었다.

"견우가 직녀를 너무나도 사랑하자 장인이 노했다더니, 제가 집안에 첩을 두었다고 장모님께서 벌을 주시니, 과연 황실의 사위는 되기 어렵습니다. 신이 크게 취했으니 물러갈까 합니다."

양소유는 일어나다가 곧바로 엎어졌다.

태후가 크게 웃으며 궁녀를 시켜 부축하여 나가게 하고, 두 공주를 보고 말했다.

"양랑이 술을 이기지 못해 몸이 불편하니, 너희는 함께 가서 옷도 벗기고 차도 달이거라."

두 공주가 웃으며 말했다.

"비록 소녀 등이 하지 않아도 옷 벗길 사람은 부족하지 않습니다."

"비록 그렇다고 해도 부녀자의 도리는 행하지 않을 수 없는 것이다."

두 공주가 양소유를 따라 집으로 돌아왔다.

유 부인이 촛불을 밝히고 기다리고 있다가 양소유가 크게 취한 것을 보고 물었다.

"이전에는 천자가 내리신 술이라도 과하게 취한 적이 없었는데, 오늘은 무슨 일로 이렇게 취했는가?"

양소유가 취한 눈으로 난양 공주를 오랫동안 쳐다보다가 아뢰었다.

"공주의 오라비가 저의 죄를 억지로 얽어서 벌을 내리라고 태후께 간청하는 바람에 큰일 날 뻔했습니다. 이것은 월왕이 저하고 겨뤘다가 이기지 못하자 보복하려고 꾸민 일이기도 하지만, 난양 공주가 제 첩들을 질투해서 월왕과 짜고 저를 괴롭힌 것입니다. 어머님은 난양 공주에게 벌주를 마시게 해서 아들의 분을 풀어 주십시오."

"난양의 죄가 분명치 않고 술을 마시지 못하니, 벌을 내리려면 차로 대신하도록 하라."

"반드시 벌주로 해야 합니다."

유 부인은 공주가 벌주를 마시지 않으면 양소유가 화를 풀지 않을 것 같아서 시녀를 시켜 난양 공주에게 벌주 잔을 내렸다. 난양 공주가

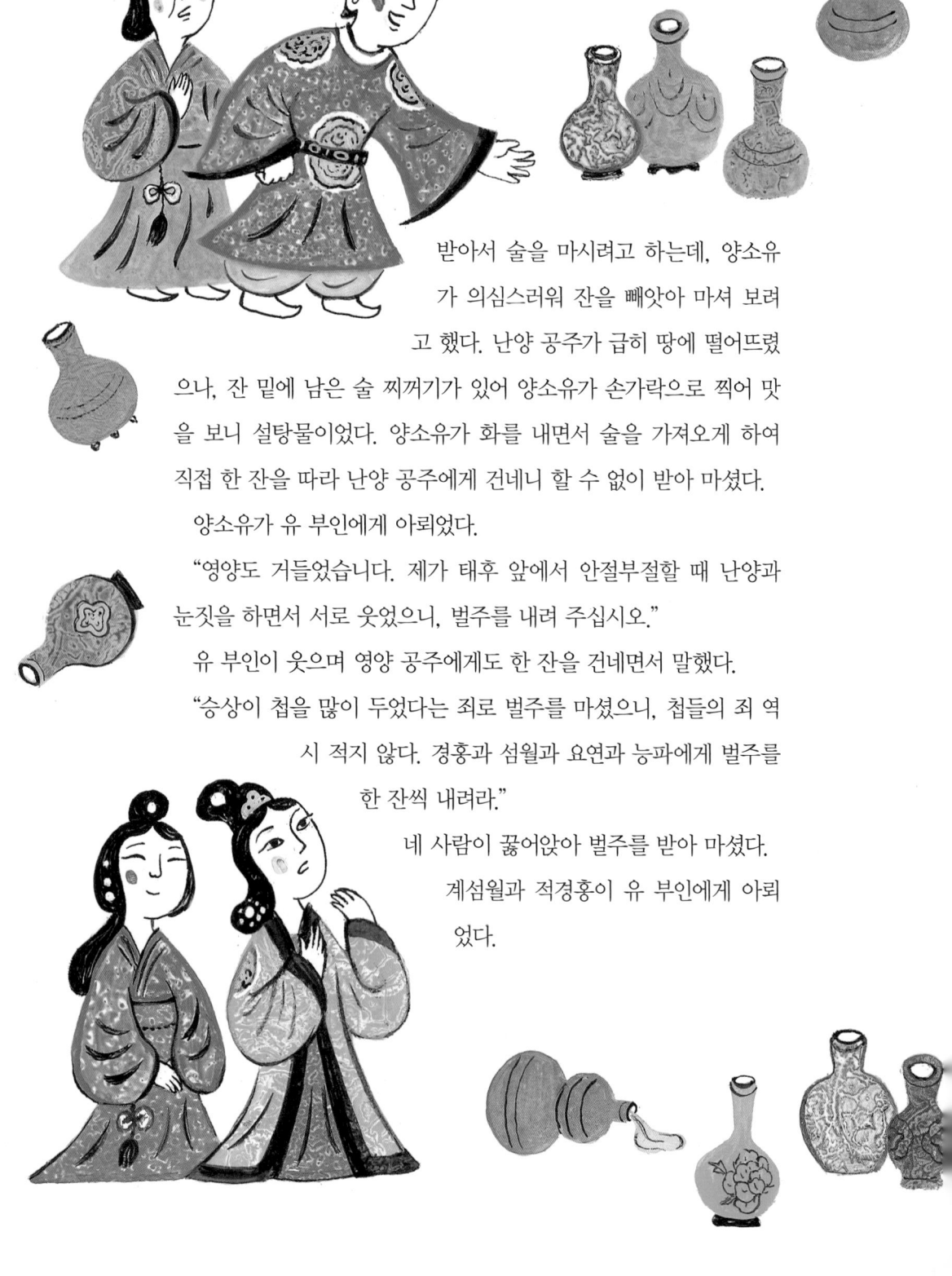

받아서 술을 마시려고 하는데, 양소유가 의심스러워 잔을 빼앗아 마셔 보려고 했다. 난양 공주가 급히 땅에 떨어뜨렸으나, 잔 밑에 남은 술 찌꺼기가 있어 양소유가 손가락으로 찍어 맛을 보니 설탕물이었다. 양소유가 화를 내면서 술을 가져오게 하여 직접 한 잔을 따라 난양 공주에게 건네니 할 수 없이 받아 마셨다.

양소유가 유 부인에게 아뢰었다.

"영양도 거들었습니다. 제가 태후 앞에서 안절부절할 때 난양과 눈짓을 하면서 서로 웃었으니, 벌주를 내려 주십시오."

유 부인이 웃으며 영양 공주에게도 한 잔을 건네면서 말했다.

"승상이 첩을 많이 두었다는 죄로 벌주를 마셨으니, 첩들의 죄 역시 적지 않다. 경홍과 섬월과 요연과 능파에게 벌주를 한 잔씩 내려라."

네 사람이 꿇어앉아 벌주를 받아 마셨다.

계섬월과 적경홍이 유 부인에게 아뢰었다.

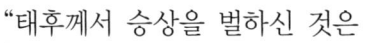

"태후께서 승상을 벌하신 것은

첩이 있음을 꾸짖은 것이지 낙유원 잔치 때문은 아닙니다. 요연

과 능파 두 사람은 아직 승상과 한이불을 덮어 보지도 못해서 부

끄러워 얼굴도 들지 못하는데, 첩 등과 함께 술을 마셨습니다. 그

런데 춘운은 승상을 모신 지가 이미 오래되었고 은총을 독차지하

고 있으면서도, 낙유원에 오지도 않았고 홀로 벌주도 면했으니

마음이 좋지 않습니다."

유 부인이 옳다 하고 큰 잔으로 가춘운에게 벌주를 주니,

가춘운이 미소를 머금고 벌주를 마셨다.

이때 진 숙인이 말도 하지 않고 웃지도 않은 채 가만히 앉아 있자, 양소유가 말했다.

"숙인이 자기만 얌전한 척하고 남의 흥만 보고 있으니, 벌주를 내리지 않을 수 없습니다."

양소유가 한 잔을 건네니 진 숙인이 웃으며 마셨다.

유 부인이 물었다.

"공주의 몸은 어떠한가?"

난양 공주가 대답했다.

"두통 때문에 괴롭습니다."

유 부인이 진 숙인에게 난양 공주를 부축하여 침실로 데려가도록 했다. 그리고 가춘운에게 술을 따라 오게 하여 잔을 들고는, "내 두 며느리는 천상 선녀라서 내가 항상 복을 잃을까 두려운데, 지금 승상이 주정을 함부로 하여 난양을 불안하게 했으니 태후께서 들으시면 대단히 걱정을 하실 것이다. 신하가 되어서 태후께 걱정을 끼치게 되었으니, 이것은 이 늙은이가 아들을 잘못 가르친 죄다. 이 잔으로 내가 스스로를 벌하겠다." 하고 모두 마셨다.

양소유가 황공하여 무릎을 꿇고 아뢰었다.

"어머니께서 스스로를 벌하여 가르치시니, 아들의 죄가 깊습니다."

양소유는 적경홍을 시켜 큰 그릇에 술을 따라 오게 한 뒤 일어나 절하고 말했다.

"제가 어머님의 가르침을 따르지 못했으니 벌주를 마시겠습니다."

다 마신 뒤 대취해서 앉아 있지도 못하니, 영양 공주가 가춘운에게 부축하여 가도록 하자 가춘운이 말했다.

"첩은 가지 못하겠습니다. 계 낭자와 적 낭자가 저를 꾸짖었으니 두 사람이 모시고 가도록 시키십시오."

계섬월이 말했다.

"운랑이 제 말 때문에 가지 못하겠다 하니, 첩은 더욱 불만스럽습니다."

적경홍이 웃으면서 일어나 양소유를 모시고 가니, 다른 낭자들도 모두 다 돌아갔다.

인생무상을 느껴 출가를 결심하다

양소유의 두 부인과 여섯 낭자가 서로 수족같이 친했고, 양소유의 사랑도 한결같았다. 이것은 그들의 덕성이 좋아서 그렇기도 했지만, 사실은 당초에 남악에서 아홉 사람이 바라던 바기도 했다.

하루는 두 부인이 상의한 뒤에 말했다.

"옛적에는 자매들이 한 낭군에게 시집을 갔는데, 그중에는 처도 있고 첩도 있었소. 지금 우리들은 비록 성씨는 다르지만, 서로 자매로 지냅시다."

두 부인이 여섯 낭자를 데리고 관세음보살상 앞에 나아가 향을 태우고 아뢰었다.

"제자 정경패, 이소화, 진채봉, 가춘운, 계섬월, 적경홍, 심요연, 백능파는 삼가 관세음보살님께 아룁니다. 저희 여덟 사람은 비록 다른 집안에서 태어났지만, 자라서는 한 사람을 섬기게 되었으며 마음은 서로 하나입니다. 마치 한나무에 달린 꽃이 바람에 날리어 어떤 것은 구중궁궐에 떨어지고, 어떤 것은 규중에 떨어지고, 어떤 것은 시골에 떨어지고, 어떤 것은 길거리에 떨어지고, 어떤 것은 변방에 떨어지고, 어떤 것은 강남에 떨어졌으나, 그 근본을 따진다면 어찌 다를 것이 있겠습니까.

오늘부터 자매가 되어 죽고 살고 괴롭고 즐거운 모든 것을 함께하고자 합니다. 혹시 다른 마음을 품은 자는 천지가 용서치 않을 것입니다. 엎드려 바랍니다. 관세음보살님께서는 복을 내려 주시고 재앙을 제거하여 주셔서 백 년 뒤에 함께 극락세계로 돌아가게 해 주십시오."

이 뒤로도 여섯 사람은 비록 명분을 지켜 감히 자매라고 부르지는 못했지만, 두 부인은 항상 서로를 누이라고 부르니 은혜로운 마음 씀이 매우 지극했다. 여덟 사람이 각각 자녀를 두었는데, 두 부인과 가춘운, 심요연, 적경홍, 계섬월은 아들을 두었고, 진 숙인과 백능파는 딸을 두었다. 모두 한 번 낳아 기른 뒤에는 다시 잉태하지 않았으니, 이것도 또한 보통 사람과 다른 점이었다.

이때 천하가 태평하고 조정에 큰일이 없었다. 양소유가 나가면 천자를 모시고 상림원에서 사냥하고, 들어오면 대부인을 모시고 북당에서

• **상림원**(上林苑) 진(秦)나라 때 조성된 임금의 정원으로, 지금의 섬서성 장안현 서쪽에 있었다. 진시황이 이곳에 아방궁을 지었다.
• **북당**(北堂) 중국에서 집의 북쪽에 있는 당집을 이르던 말로, 집안의 주부가 거처하는 곳이다. 대개 어머니의 거처를 말하는데, 자당(慈堂)이라고도 한다.

잔치하면서 보냈다. 양소유가 재상의 자리에 오른 지 이미 수십 년이 흘렀다. 유 부인과 정 사도 부부는 장수를 한 뒤 별세했고, 양소유의 여러 아들은 조정에 나아가 벼슬을 했으며, 딸들은 고위 관리들과 혼인을 했다.

양소유가 한 서생으로서 자신을 알아 주는 임금을 만나 국가의 위기와 난리를 극복하고 태평한 세상을 이루었다. 곽분양과 부귀공명이 똑같았지만, 곽분양은 나이 육십에 비로소 재상이 되었으나 양소유는 이십에 재상이 되었으며, 재상의 직위를 누린 햇수는 곽분양보다 길었다. 양소유가 스스로, '재상의 직위에 있은 지 오래되고 가문도 아주 번성하다.' 하고 생각해 상소하여 관직을 떠나 늘그막을 한가하게 보내기를 청하자 천자가 답을 내렸다.

"경의 공훈이 세상을 덮었고 은택이 백성에게 가득히 미치니, 국가가 의지하고 과인이 우러른 바다. 예전에 강태공과 소공은 나이 백 살에도 오히려 성왕과 강왕을 보좌하였다. 지금 경의 풍채는 예전 옥당에서 조서를 지을 때와 같고, 정신은 위교에서 도적을 칠 때와 같으니, 마음을 되돌려 요순시절과 같은 태평스러운 세상을 만들도록 하라. 상소한 청은 허락하지 않는다."

양소유는 본래 부처님의 뛰어난 제자였고, 여러 낭자도 남악의 여자 신선들이어서 받은 기운이 신령스러웠다. 더구나 양소유는 남전산 도인의 신선 비방을 받아서, 나이가 비록 들었지만 이 아홉 사람의 용모는 젊을 적보다 더 아름다우니 사람들이 신선인가 의심하기도 했다. 양소유가 다시 여러 차례 상소하니 천자가 불렀다.

"경의 뜻이 이와 같으니 짐이 어찌 높은 절개를 이루어 주지 못하겠는가. 다만 경이 너무 멀리 떠나 있으면 국가에 큰일이 있을 때 의논하기 어렵고, 황 태후께서 세상을 떠나신 뒤에 난양과 떨어져 있기 더욱 어렵다. 도성의 남쪽 사십 리 되는 곳에 취미궁이 있으니, 늘그막에 노닐기에는 제일 좋다. 이제 경에게 주어 거처로 삼게 하노라."

양소유가 성은에 감격하여 머리를 조아려 사은하고 취미궁으로 이사했다. 이 궁전은 종남산 가운데 있었는데, 누각이 아름답고 경치 또한 뛰어나 봉래산의 경치 그대로였다.

양소유가 정전을 비워 조서와 천자가 지은 시와 문장 들을 모셔 두고 나머지 누각과 망루에 여러 낭자가 나누어 살게 했다. 낭자들은 날마다 양소유를 모시고 물가를 거닐거나 매화를 따르면서 시를 지어 구름 두른 절벽에 새기고 거문고를 타면서 소나무에 바람 스치는 소리에 화답하니, 맑고 한가로운 복은 다른 사람이 더욱 부러워하는 바였다.

양소유가 한가롭게 지낸 지도 어언 몇 해가 지났다. 팔월 스무날은 양소유의 생일이었다. 여러 자녀가 모두 모여 십 일 동안 계속해서 잔치를 여니, 그 화려한 모습과 아름다움은 옛날에도 듣지 못한 것

* **곽분양(郭汾陽)** 당 왕조를 섬긴 군인이자 정치가 곽자의(郭子儀).
* **취미궁(翠微宮)** 종남산에 있던 당나라의 별궁.
* **종남산(終南山)** 신강성에서 뻗어 내린 진령 산맥이 관중에서 멈춰 섰다고 하여 이름 붙여진 산이다. 종남산과 위수 사이에 장안이 있다.
* **봉래산(蓬萊山)** 영주산, 방장산과 함께 중국 전설상에 나오는 삼신산의 하나.

이었다.

　잔치가 끝나고 여러 자녀가 모두 흩어져 돌아간 뒤에 국화 피는 계절이 돌아왔다. 국화 무늬는 누렇게 되고 산수유 열매는 검붉게 열리니, 바로 등고하는 때였다. 취미궁의 서쪽에 높다란 누각이 있었는데, 그 위에 올라가면 팔백 리 땅이 마치 손바닥 들여다보듯 훤하게 보이니, 양소유가 가장 사랑하는 곳이었다. 그날도 두 부인과 여섯 낭자가 대에 올라 국화를 머리에 꽂고 가을 경치를 즐겼다. 입은 팔진미도 물렸고 귀는 관현악 소리에 싫증이 난 터라, 가춘운에게 과일을 들게 하고 계섬월에게는 옥호리병을 가져오게 하여 조용하게 국화주를 마시고, 처첩도 차례로 마셨다.

　이윽고 지는 해는 곤명지에 떨어지고 구름 그림자가 땅에 드리웠다. 눈을 들어 한번 바라보니 가을빛이 아득히 펼쳐졌다. 양소유가 옥통소를 쥐고 두어 곡조를 불자 흐느끼는 듯 애원하고 호소하는 듯 사념에 잠기니, 마치 한숨을 쉬는 듯했다. 여러 미인이 쓸쓸하여 슬픈 기색을 띠었다.

　두 부인이 옷깃을 여미고 물었다.

　"승상은 공훈과 명성을 이미 이루었고 부귀도 지극하니, 만민이 부러워하고 천고에 듣지 못한 일입니다. 좋은 시절을 만나 풍경을 감상하면서 향기로운 술을 가득 붓고 미인도 옆에 있어 즐거운데, 통소 소리가 어찌 이처럼 구슬픈지요?"

　양소유가 통소를 내려놓고 부인과 낭자 들을 불러 난간에 의지하여 손을 들어 가리키면서 말했다.

"북쪽을 바라보면 평평한 들판에 무너진 언덕이 있는데 석양이 마른 풀을 비추었으니, 이곳이 바로 진시황의 아방궁 터라오. 서쪽을 바라보면 바람이 구슬피 찬 숲에 불고 저녁 구름이 빈산을 덮었으니, 이곳이 바로 한 무제의 무릉이오. 동쪽을 바라보면 분칠한 성벽이 청산을 둘렀고 붉은 용마루가 반공중에 은은한데 밝은 달은 제 홀로 왔다 갔다 하되 옥난간에 의지해 보는 사람이 없으니, 이곳이 현종 황제가 양 귀비와 놀던 화청궁이라오. 이 세 임금은 천고의 영웅으로 온 세상을 자기 집으로 삼고 모든 백성을 신하로 삼았는데, 지금은 다들 어디에 있소?

나는 회남 땅 초라한 선비로서 성스러운 천자의 은혜를 입어 벼슬이 장수요 재상에 이르렀고, 또 여러 낭자와 서로 따르는 은정은 백년이 하루같이 똑같았으니, 만약 전생의 인연이 아니면 어찌 이렇게까지 될 수 있었겠소? 사람살이는 인연으로 만났다가 인연이 다하면 각각 제 갈 데로 돌아가는 것이 영원한 이치라오.

• 등고(登高) 음력 9월 9일 중양절에 빨간 주머니에 수유를 넣고 높은 산에 올라가 국화술을 마시고 액운을 떨어 버리는 풍속.
• 팔진미(八珍味) 중국에서 성대한 음식상에 갖춘다고 하는 진귀한 여덟 가지 음식의 아주 좋은 맛.
• 곤명지(昆明池) 장안에 있던 못의 이름으로, 한 무제 때 만들어 수군을 훈련시켰던 곳.
• 진시황(秦始皇) 세계 최초의 황제인, 진(秦)의 시황제(始皇帝).
• 아방궁(阿房宮) 진시황이 위수의 남쪽에 세운 호화롭고 거대한 궁전.
• 무릉(茂陵) 한 무제가 묻힌 곳으로, 섬서성 흥평현에 있다.
• 현종 황제(玄宗皇帝) 당의 제6대 황제.
• 양 귀비(楊貴妃) 당 현종의 후궁으로, 성은 양(楊)이고 이름은 옥환(玉環).
• 화청궁(華淸宮) 당 현종이 양 귀비를 위해 지은 거대한 궁전.

우리들 백 년 뒤에 높은 대는 이미 무너지고, 굽은 연못은 이미 메워지며, 노래하고 춤추던 곳은 마른 풀에다 황폐한 안개 서린 곳으로 변해 나무꾼이며 소 치는 아이들이 오르내리면서, '이곳이 양 승상이 여러 낭자와 노닐던 곳이다. 승상의 부귀와 풍류며 여러 낭자의 옥 같은 모습과 꽃 같은 태깔은 지금 어디에 있는가.' 하고 한탄한다면 인생이 어찌 덧없지 않겠소.

천하에는 유교와 도교와 불교의 삼교가 있으니, 유교는 살았을 때 좋은 길잡이가 되지만 죽은 뒤에는 이름만 남길 뿐이요, 도교는 허황하여 옛부터 도를 얻은 자가 드물지요. 내 나이 들어 벼슬에서 물러난 뒤에 밤에 잠이 들면 늘 부들방석 위에서 참선하는 내 모습을 보니, 분명 불교와 인연이 있는 듯하오.

내 이제 집을 버리고 스승을 구하러 남해를 건너 관세음보살을 찾고 오대산에 올라 문수보살을 만나서, 태어나지도 않고 죽지도 않는 도를 얻어 티끌세상의 괴로움과 즐거움을 뛰어넘으려고 하오. 여러 낭자와 반평생을 함께했는데 하루아침에 이별하려 하니, 슬픈 마음이 저절로 곡조에 나타났는가 보오."

여러 낭자들이 이 말을 듣고 감동해 말했다.

"상공께서 부귀하고 번화한 가운데서도 이렇게 깨끗하고 맑은 마음을 얻으셨으니 훌륭하십니다. 첩들 자매 여덟 사람은 규중 깊은 곳에서 향을 피우고 예불을 드리면서 상공께서 돌아오시길 기다리겠습니다. 상공께서는 이번 길에 밝은 스승과 은혜로운 벗을 만나 큰 도를 얻으시고, 도를 얻은 뒤에는 첩들을 먼저 인도해 주십시오."

“아홉 사람의 뜻이 참 좋소이다. 내일 길을 떠날 것이니, 오늘은 여러 낭자와 함께 만취해 봅시다.”

“첩들이 각각 한 잔씩을 받들어 상공을 보내 드리겠습니다.”

● **부들방석** 개울가나 연못의 습지에서 자라는 부들이라는 풀로 둥글게 짜서 만든 방석.

● **티끌세상** 정신에 고통을 주는 복잡하고 어수선한 세상.

성진과 팔선녀가 크게 깨닫다

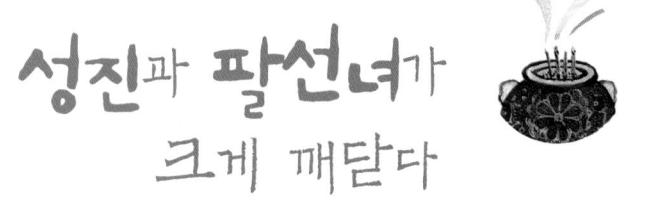

잔을 씻어 술을 따르려고 하는데, 갑자기 돌길에서 지팡이를 두드리는 소리가 났다.

눈썹이 멋지고 눈은 맑아 모습이 대단히 뛰어나 보이는 한 노승이 위엄스레 다가와 양소유에게 예를 올리며 말했다.

"산과 들에 사는 사람이 승상께 인사를 올립니다."

양소유가 보통 사람이 아님을 알아보고 황급히 답례하면서 말했다.

"스님께서는 어디에서 오셨습니까?"

노승이 웃으며 말했다.

"평생 본 사람을 승상이 알아보지 못하니, 귀한 사람은 뭔가 잘 잊어버린다는 말이 옳습니다그려."

양소유가 자세히 보니 과연 낯이 익었다. 문득 알아보고는 백능파를 돌아보며 말했다.

"전에 토번을 정벌할 때 동정 용궁에 갔다가 잔치를 파하고 돌아오는 길에 남악 형산에 놀러 간 적이 있습니다. 한 화상이 법좌에 앉아 불경을 강론하고 있었는데, 스님이 바로 그분이 아니십니까?"

노승이 손뼉을 치고 큰 소리로 웃으면서 말했다.

"옳습니다, 옳아요. 그러나 꿈속에서 잠깐 만나 본 일은 생각하면서도 십 년을 함께 살던 일은 기억하지 못하니, 누가 승상을 총명하다 하겠습니까?"

양소유가 어리둥절하여 말했다.

"제가 십오륙 세 전에는 부모의 슬하를 떠나 본 적이 없고, 십육 세에 급제하여 계속 벼슬살이를 했습니다. 동쪽으로는 연나라에 사신을 갔고, 서쪽으로는 토번을 정벌한 이외에 오랫동안 장안을 떠나 본 적이 없습니다. 그러니 언제 스님과 십 년을 함께 살았단 말입니까?

노승이 웃으며 말했다.

"상공이 아직도 봄꿈에서 깨어나지 못했나 봅니다."

"그렇다면 스님께서는 저를 봄꿈에서 깨어나게 하실 수 있겠습니까?"

"어렵지 않습니다."

노승이 손에 든 지팡이를 들어 난간을 두드리니 갑자기 사방 산골짜기에서 구름이 일어나 누각을 둘러 감자, 어두컴컴해서 지적도 분

● **법좌**(法座) 스님이 설법, 독경, 강의 따위를 행하는 자리.

간이 안 되었다.

양소유는 취한 듯 꿈속을 헤매는 것 같았다. 한참 만에 양소유가 큰 소리로 말했다.

"스승께서는 바른 방법으로 제자를 가르치지 않으시고 어찌 환술로 놀리십니까?"

말이 다 끝나기도 전에 구름이 모두 걷혔다. 주위를 살펴보니 호승과 두 부인 그리고 여섯 낭자는 자취도 없이 사라지고 없었다. 아주 놀라고 당황해서 자세히 살펴보니 양소유 홀로 작은 암자의 부들방석 위에 앉았는데, 향로에는 불도 꺼졌고 해는 서산에 걸려 있었다. 양소유가 자기 머리를 만져 보니 머리칼은 새로 깎아서 남은 뿌리가 삐쭉삐쭉하고, 백팔 염주가 목에 늘어져 영락없는 젊은 중의 모습이지 승상의 위엄 있는 모습은 아니었다. 양소유는 정신이 아득하고 가슴이 뛰었다. 한참 만에 깨달아 보니, 자기는 연화도량의 성진이었다.

성진이 기억을 더듬어 보니 처음에 스승의 꾸지람을 듣고 풍도로 잡혀갔다가 인간 세상에 환생해 양씨 집 아들로 태어나고, 일찍이 장원 급제하여 한림학사의 관직에 올랐으며, 나가면 삼군의 장수요 들어오면 백관을 총괄했다. 그러고는 상소하여 물러나기를 청하여 모든 일을 떠나 한가롭게 지내면서 두 부인, 여섯 낭자와 함께 노래하고 춤추는 것을 보고 거문고 타는 것을 들으면서 단란하게 술을 즐겼다. 하지만 새벽부터 저물 때까지 놀던 것이 모두 한바탕 봄꿈 속의 일일 뿐이었다.

'이것은 분명 스승님께서 내가 헛된 생각을 가진 것을 아시고 인간

세상의 꿈을 빌어 부귀영화와 남녀의 정욕이 모두 허망한 것임을 알게 하려 하심이었구나.'

성진이 이렇게 생각하면서 급히 돌샘으로 가서 얼굴을 깨끗이 씻고 중의 옷을 단정히 입고 스승의 방으로 가니, 여러 제자가 이미 모두 모여 있었다.

대사가 큰 소리로 물었다.

"성진아! 인간 세상의 재미가 과연 어떻더냐?"

● 환술(幻術) 남의 눈을 속이는 기술.
● 호승(胡僧) 서역의 승려. 여기서는 성진의 스승 '육관 대사'를 말한다.
● 풍도(酆都) 도가에서, '지옥'을 이르는 말.

성진이 머리를 조아리고 눈물을 흘리면서 말했다.

"크게 깨달았습니다. 제자가 어리석어 마음을 바르게 먹지 못했으니, 스스로 지은 죄라 누구를 원망하며 누구를 탓하겠습니까. 응당 흠 많은 세상을 탓하면서 영원히 윤회하는 재앙을 받았을 텐데, 스승님께서 하룻밤의 꿈을 통해 제 마음을 깨닫게 하셨으니, 스승님의 큰 은덕은 비록 천만 겁이 지나더라도 갚을 길이 없습니다."

"네가 흥을 타고 갔다가 네 흥이 다해서 돌아왔는데, 내가 무슨 관여를 했다는 말이냐? 또 네가, '제자가 인간 세상의 윤회하는 일을 꿈으로 꾸었다.'라고 하는데, 이것은 네가 아직도 꿈과 인간 세상을 나누어서 둘로 보는 것이다. 그러니 너는 아직 꿈을 깨지 못했다. 장자가 꿈에 나비가 되었다가 나비가 또 변하여 장자가 되었다고 하니, 나비가 꿈에 장자가 된 것인가, 장자가 꿈에 나비가 된 것인가는 결국 구별할 수가 없었다.

어떤 일이 꿈이고 어떤 일이 진짜인 줄 알겠느냐. 지금 네가 성진을 네 몸으로 생각하고 꿈을 네 몸이 꾼 꿈으로 생각하니, 너도 몸과 꿈을 하나로 생각지 않는구나. 성진과 소유, 누가 꿈이며 누가 꿈이 아니냐?"

"제자가 어리석어 무엇이 꿈이고 무엇이 현실인지 분간하지 못하겠습니다. 스승님 설법으로 제자가 깨닫게 해 주십시오."

"내 《금강경》의 큰 법을 설법하여 네 마음을 깨닫게 해 주겠다만, 새로 오는 제자들이 있을 테니 조금만 기다려라."

말이 채 끝나기도 전에 대문을 지키는 도인이 들어와 고했다.

"어제 왔던 위 부인의 여덟 선녀가 와서 대사께 인사를 드리려고 합니다."

대사가 팔선녀를 불러오게 했다.

팔선녀가 대사 앞에 나와 합장하고 머리를 조아리며 말했다.

"제자들이 위 부인을 좌우에서 모셨지만 배운 것이 없습니다. 그래서 아직 그릇된 마음을 버리지 못하고 정욕이 잠깐 움직여 엄한 꾸지람을 받았습니다. 속세의 꿈을 깨우쳐 주는 이가 없었는데, 다행히 스승님의 자비를 입어 친히 오셔서 저희를 이끌어 주셨습니다. 어제 위 부인의 궁중에 가서 전날의 죄를 깊이 사죄하였습니다. 위 부인과 이별하고 불문에 돌아오려 하오니, 스승님께서는 옛 잘못을 흔쾌히 용서하시고 특별히 밝은 가르침을 내려 주십시오."

"여선들의 뜻은 비록 좋으나, 불법은 깊고도 멀어서 별안간에 배울 수 없는 것이다. 너그럽고 어진 도량으로도 큰 발원이 없으면 도를 이룰 수 없다. 선녀들은 잘 생각해서 처신하라."

팔선녀가 물러나서 얼굴의 연지분을 씻은 뒤 몸에 두른 비단옷을 벗어 버리고, 푸른 구름 같은 머리채를 잘라 버리고 다시 들어가 아뢰었다.

"제자들은 이미 모습을 변화시켰습니다. 스승님의 가르침 따르기를

● 장자가~없었다 《장자(莊子)》의 〈제물론(齊物論)〉에 나오는 '나비에 관한 꿈', 곧 호접몽(胡蝶夢) 이야기다. 장자가 꿈에 호랑나비가 되어 훨훨 날아다니다가 깨서는, 자기가 꿈에 호랑나비가 되었던 것인지 호랑나비가 꿈에 장자가 되었는지 모르겠다고 한 이야기에서 유래해 인생의 덧없음을 말하고 있다.

● 발원(發願) 신이나 부처에게 소원을 간절히 비는 것.

게을리하지 않겠습니다."

"좋다! 지극한 정성이 이와 같으니 어찌 감동하지 않겠느냐."

육관 대사는 드디어 법좌에 올라 불경의 내용을 해설하며 설명했다. 그 경에, '백호의 광채가 세계에 퍼져 나가고, 하늘 꽃이 마치 소낙비처럼 내리더라.' 하는 등의 말이 있었다. 대사는 설법을 끝낼 즈음네 구절의 게를 외웠다.

분별하는 마음에서 생겨난 모든 것은
꿈 같고 환상 같고 거품 같고 그림자 같으며
이슬 같고 번개와도 같으니
마땅히 그렇게 보아야 한다.

성진과 팔선녀가 모두 본성을 단박에 깨닫고 적멸의 도를 크게 얻었다. 대사가 성진의 계행이 순수하고 원숙해진 것을 보고는 여러 제자를 모아 놓고 말했다.

"나는 본래 불교를 전도하려고 멀리서 중국에 들어왔다. 지금 이미법을 전할 만한 제자를 얻었으니, 나는 이제 떠나야겠다."

대사는 가사와 바리때 하나와 정병과 지팡이, 그리고 《금강경》 한권을 성진에게 주고, 드디어 서쪽으로 떠났다.

이 뒤로 성진이 연화도량의 대중을 이끌고 크게 교화를 펴니, 신선과 귀신이며 인간과 귀물이 성진 높이기를 마치 육관 대사에게 하듯하였다.

여덟 비구니도 모두 성진을 스승으로 섬기고, 보살의 큰 도를 깊이 체득하여 마침내 모두 극락세계로 돌아갔다.

아아! 신기하구나!

- **백호(白毫)** 부처의 양 눈썹 사이에 난 희고 부드러운 털. 대승 불교에서는 광명을 비춘다고 해 부처뿐만 아니라 여러 보살도 모두 갖추도록 했다.
- **게(偈)** 부처의 덕을 찬미하고 교리를 서술한 시. 네 구로 되어 경전 1절의 끝이나 맨 끝에 붙인다.
- **분별하는~한다** 이 책의 원본인 한문본 〈노존B본〉에는 게의 내용이 드러나 있지 않지만, 한글본인 〈서울대학교본〉에는 이 게의 내용이 드러나 있다.
- **적멸(寂滅)** 번뇌의 세상을 완전히 벗어난 높은 경지.
- **계행(戒行)** 부처의 가르침을 받드는 사람이 반드시 지켜야 할 계를 받은 뒤, 그 계율을 잘 지켜 실천하고 수행하는 것.
- **가사(袈裟)** 승려가 장삼 위에 왼쪽 어깨에서 오른쪽 겨드랑이 밑으로 걸쳐 입는 옷.
- **바리때** 부처 또는 승려가 지니고 다니는 밥그릇으로, 발우(鉢盂)라고도 한다.
- **정병(淨瓶)** 청결한 그릇으로, 대성인이 그것을 손에 잡고 세상을 깨끗하게 한다는 병.
- **비구니(比丘尼)** 출가하여 승려가 지켜야 할 348가지 계율을 받은 여자 승려.

장자가 꾼 나비 꿈

누가 꿈이며 누가 꿈이 아니냐?

장편 소설인 《구운몽》에서 이야기의 핵은 여러 군데에 있지만, 그중 단연 우뚝한 것은 양소유가 크게 깨닫는 대목, 곧 대각(大覺) 장면입니다. 세속에서 이룰 수 있는 성공이란 성공은 모두 이룬 양소유는 어느 날, 이전 성진 시절에 느꼈던 것과 비슷한 회의에 빠져 듭니다. '새벽부터 저물 때까지 놀던 것이 모두 한바탕 봄꿈 속의 일일 뿐', 기껏해야 '일장춘몽(一場春夢)'에 불과했다는 것입니다.

> 내가 꿈에
> 양소유가 되었던
> 것인지,

장주가 나비 꿈을 꾼 것인지, 나비가 장주 꿈을 꾼 것인지

육관 대사는 '일장춘몽'이라는 양소유(성진)의 생각이 근본적으로 잘못되었다고 합니다. 어느 한쪽의 세계를 송두리째 부정하면서 반대로 다른 쪽의 세계를 동정하는 것은, 그것이 아무리 절실한 것이라 해도 진정한 깨달음일 수는 없다는 말입니다. 다시 말해 어느 두 세계를 대립적인 것으로 인식해서 한쪽을 배타적으로 선택하는 태도는 그 어떤 경우에도 바람직하지 않다는 것입니다. 어느 것이 진짜(현실)고, 어느 것이 가짜(꿈)인지도 모르면서 말이지요. 이런 생각은 장자(莊子)의 것입니다. 스님이 도가(道家)의 사상을 내세우는 것이 이상하지요? 이런 게 바로 앞에서 말한 상대주의 철학의 입장입니다.

장주(장자의 본명)는 꿈에 나비가 되었다.
펄펄 나는 것이 확실히 나비였다.
스스로 유쾌하여 자기가 장주인 것을 몰랐다.
그러나 얼마 후 문득 꿈에서 깨어 보니 자기는 틀림없이 장주였다.
장주가 나비 된 꿈을 꾼 것인지,
아니면 나비가 장주가 된 꿈을 꾼 것인지 알 수가 없었다.
그러나 장주와 나비는 분명히 구분이 있을 것이니,
이를 일러 만물의 변화라고 하는 것이다.
- 〈장자〉

〈장자의 나비 꿈〉, 명, 비단에 채색.

내가 성진의
꿈을 꾸었던 것인지
모르겠구나!

세상 모든 것은 하나니

장자가 이 이야기를 통해 말하고자 하는 바는 이런
것입니다. 장자와 나비는 분명 별개지만, '세상 모든
것은 하나다.'라는 '만물일체(萬物一體)'의 입장에서
보면 장자와 나비, 꿈과 현실도 구분이 없으며, 다만
있는 것은 만물의 변화일 뿐이라는 것을 이야기하
고 있습니다. 세상 모든 것이 하나라는 말은, 어느
것이 가치가 있다면 다른 것도 마찬가지의 가치가
있다는 말이라고 생각하면 됩니다. 여기서 '호랑나비
의 꿈'이라는 의미의 '호접지몽(胡蝶之夢)'이라는 말이
생겨났습니다. 이 말은 이후 너와 나의 구별을 잊는
것, 또는 '물아일체(物我一體)'의 경지를 비유하는 말
로 쓰이게 됩니다.

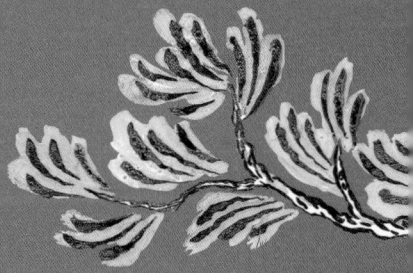

깊이 읽기
성진과 양소유, 누가 꿈이며 누가 꿈이 아니냐

《구운몽》은 우리 고전 소설들 가운데 우뚝한 봉우리를 형성하고 있는 대표적인 작품입니다. 이 작품은 17세기 후반에 서포(西浦) 김만중(金萬重, 1637~1692)이 지었습니다. 17세기 후반은 임진왜란과 병자호란으로 지배 질서가 크게 흔들리던 시대였습니다. 이에 양반 사대부들은 무너지는 자신의 권위를 다시 세우려고 안간힘을 썼습니다. 그것은 대단히 힘든 과제였습니다. 《구운몽》은 당시 난감한 상황에 처해 있던 양반 사대부들이 어떤 입장과 태도를 가지고 이 세상을 살아가야 하는지, 어떻게 사는 삶이 좋은 것인지를 반성케 함으로써 인생의 의미를 근본적으로 다시 생각해 보도록 요구하고 있습니다.

요컨대 《구운몽》은 임진왜란과 병자호란 이후 기존의 사회 질서가 무너지기 시작하는 가운데 지배 세력인 양반 사대부들이 어떻게 살아가야 하는가 하는 철학적인 문제를 진지하게 다루고 있습니다. 이제 작가인 김만중의 의식과 관련하여 《구운몽》이 제기하고 있는 문제의 핵심을 그 주제적 측면에서 검토해 보겠습니다.

● 《구운몽》의 주제를 어떻게 볼 것인가

《구운몽》의 주제는 '세속의 부귀영화는 일장춘몽처럼 허망한 것에 지나지 않으므로, 그것을 추구하는 인생이란 애당초 무상한 것일 수밖에 없으며, 그러한 무상감을 극복하기 위해서는 불교에 귀의해야 한다.'는 식으로 이해되어 왔습니다. 그것은 작가가 처했던 현실의 문제적 상황과 맞물리면서 그 타당성이 더욱 확보되었습니다. 즉 서포 김만중이 세 차례 유배를 겪으면서 현실에 대해 강한 회의를 느꼈는데, 거기에서 이러한 허무주의가 생겨났고, 그것이 작품에 자연스레 배어나게 되었다는 것입니다.

실제로 《구운몽》은 그의 두 번째 유배지인 선천에서 창작되었습니다. 여기에 '성진(性眞)'과 '양소유(楊少游)'라는 주인공의 이름, 특히 '구운몽(九雲夢)'이라는 제목이 갖고 있는 분위기가 한몫했을 것입니다. 말하자면 '참된 성품'을 지닌 성진의 세속적 환생인 양소유의 삶이란 '잠깐 놀다 가는 것'에 불과하고, 양소유와 팔선녀 등 아홉 사람이 인간 세상에서 엮어 나가는 다양하고도 복잡한 사건들은 결국 구름처럼 흘러가 버리는 허무한 꿈에 지나지 않는다는 것입니다. '양소유의 삶이란 성진의 깨달음을 강조하기 위한 하나의 방편일 뿐'이라는 식의 전제와 밀접한 연관을 맺고 있는 이러한 이해는, 작품이 '양소유로 대표되는 유가적 삶'을 부정하고, '성진으로 대표되는 불교적 삶'을 옹호하고 있다는 판단으로까지 나아가기도 합니다.

이러한 이해는 가장 모범적인 작품 감상 방식의 하나로 여겨져 왔습니다. 그런데 그것은 다음과 같은 의문들을 야기하고 있습니다. 실제 작품에서 성진과 양소유의 삶 가운데 어느 한 면이 부정되고 나머지가 긍정되고 있는가, 각각은 서로 대립적인 것이어서 배타적으로 선택할 수밖에 없는 대상으로 인식되고 있는가, 《구운몽》은 유가적 삶을 부인하고 불교적 삶을 긍정하고 옹호하기 위해 창작되었는가, 무엇보다도 작품의 대부분을 차지하는 양소유의 삶은 성진의 깨달음을 위한 보조 장치에 불과한가 하는 의문들이 그것입니다.

한편 양소유의 삶을 성진의 삶보다 오히려 더 주목해 보아야 한다는 반론도 제기되었습니다. 우선 문제 된 것은 성진의 깨달음을 위한 방편에 지나지 않는다고 하기에는 작품 내에서 양소유의 삶이 차지하는 비중이 지나치다 싶을 정도로 크다는 점입니다. 그것은 성진의 깨달음을 보다 충격적인 것으로 만들기 위한 장치일 수도 있겠으나, 그렇게 보더라도 양소유의 삶 자체가 길게 그리고 상세하게 그려지고 있는 것은 간단히 보아 넘길 문제가 아닙니다.

더군다나 조선 시대의 독자가 《구운몽》을 읽은 후에 '세속적 부귀공명은 일장춘몽이니, 애당초 그러한 헛된 꿈을 버리고 불교에 정진해야겠다.'는 생각을 품었다고 보는 것은 아무래도 좀 무리인 것 같습니다. 겉으로는 대부분 '양소유의 세속적 욕망과 그 성취'를 부정하고는 있지만, 안으로는 양소유의 눈부신 영웅적 활약상이 부정되기는커녕 오히려 독자의 뇌리에 강한 잔영으로 남도록 하고 있다고 보는 것이 더 자연스러울지 모릅니다.

후대 뛰어난 인물의 출세와 성공을 그린 영웅 소설의 출현에 《구운몽》이 많은 영향을 끼쳤음을 생각하면, 이러한 추측이 잘못된 것은 아니라고 생각합니다. 요컨대 성진의 존재보다는 부귀공명을 이루어 가는 양소유의 일대기에 작품의 궁극적 초점이 잡혀 있다는 것이 그러한 이해의 기본 전제입니다. 이렇게 보면 《구운몽》을 예컨대 《홍길동전》, 《춘향전》처럼 《양소유전》이라고 불러도 큰 무리가 없을 것입니다.

첫 번째 통념에 가려져 있던, 양소유의 삶이 지닌 의미를 새롭게 파악해야 한다는 주장이 정당함에도 불구하고, 그러나 양소유의 삶을 강조하는 것은 자칫 또 다른 문제에 직면할 수 있습니다. 특히 '깨닫기 이전과 이후의 성진의 삶이란 한갓 양소유의 삶을 보여 주기 위한 액자 장치에 불과한 것인가?' 하는 의문에 대해 명확한 답변을 내리기 어렵기 때문입니다.

● 꿈과 현실이 서로를 부정하는 고리

결국 위에서 검토해 본 견해들은 성진과 양소유의 삶을 서로 대립적이고 배타적인 것으로 전제하여 사태를 다소 단순하게 파악함으로써 작품의 깊은 이면과 문제의식을 온당하게 파악하고 있지 못한 것처럼 보입니다. 그렇다면 《구운몽》의 구조를 어떻게 보아야 할까요?

불가의 세계를 적막하다고 생각하게 된 성진은 자기의 처지를 회의하면서 세속의 부귀영화를 꿈꾼다. → 파란만장한 삶을 통해 세속의 부귀영화와 남녀의 욕정을 극진히 누린 후에 양소유는 짙은 허무를 느끼면서 불교에 귀의하고자 한다. → 육관 대사는 앞의 둘 중 어느 것도 참이 아니고 꿈도 아니라고 한다.

이처럼 《구운몽》의 구조는 '부정의 연쇄'로 되어 있습니다. 말하자면 작품의 구조 자체가 이미 성진의 삶과 태도 그리고 양소유의 그것 가운데 어느 한쪽의 손을 들어 주려고 한 것이 아니라, 두 삶과 태도의 굴곡들을 제시함으로써 삶의 기본 태도와 세계를 바라보는 인식이 어떠해야 하는가를 드러내려 한 것입니다.

● 승려가 대장부를 꿈꾸는, 이 걷잡을 수 없는 혼란

스승인 육관 대사의 명으로 동정호 용궁에 다녀오다가 돌다리에서 팔선녀를 만나 이야기를 나눈 성진은 팔선녀에게서 느낀 정념이 실마리가 되어 자신의 전 생애를 맡긴 불교적 삶에 깊은 회의를 느끼기 시작합니다. 출가한 지 십 년이 되었지만 일찍부터 반점도 구차한 마음이 없었던 성진에게 그것은 대단히 충격적인 사건이 아닐 수 없습니다. 더구나 성진은 읽지 않은 경전이 없을 정도로 총명하고 지혜롭기가 여러 중들 가운데서 단연 뛰어난 인물이었습니다. 이제 그의 인생에서 가장 큰 벽, 곧 '지금껏 내가 믿고 살아온 삶이 과연 옳은 것이었는가?'에 대한 근본적인 회의가 처음으로 그의 앞을 가로막고 선 것입니다.

그런데 그의 회의가 그를 혼란에 빠뜨린 것만은 아니었습니다. 그것은 성진의 성장 과정에서 거쳐야 하는 일종의 통과의례—사람이 태어나서부터 죽을 때까지 거치게 되는 탄생, 성년, 결혼, 죽음 등 인생의 중대한 고비에서 생기는 절차나 행사— 같은 것이기도 했습니다. 열한두 살 어린 나이에 불교에 입문해서 오직 불도를 닦는 것만이 세상일의 전부라고 믿어 온 이십대 청년 성진에게 그 회의와 갈등은 언젠가 한번은 반드시 거쳐야 하는 관문이었던 것입니다. 처음으로 만나 본 아리따운 여덟 처녀를 그리워하는 총각 성진, 그가 팔선녀를 만나고 나서 그 꿈같은 환상이 골속에 사무쳐 정신이 온통 뒤흔들리게 되고, 헤어진 이후로 정신이 자못 황홀할 뿐 아니라 밤이 깊도록 생각을 이리하고 저리하는 것은, 그의 고백처럼 구차한 마음이 아니라 오히려 너무나도 인간적인 것입니다.

또한 그 근거나 전망이 뚜렷하든 그렇지 않든 간에, 청년 시절 회의나 고민이 대개 그렇듯이 성진의 그것 역시 그동안 거의 관습적으로 혹은 무의식적으로 받아들여 왔던 자기의 조건과 환경에 대해 일정한 반대명제를 제기한다는 의미를 지니기도 합니다. 일상적인 삶에 생각 없이 빠져 사는 것을 경계한다는 측면에서 보면, 그것이야말로 건강한 자기 성찰이며 인격 성장의 핵심 과정일 것입니다. 성진의 그 의심은《구운몽》을 일종의 성장 소설로 만들고 있다고 하겠습니다.

그러나 어떤 의심이든 그것이 진정으로 현실에서 긍정적인 결과를 얻으려면 막무가내로 자기 부정에 빠지거나 막연한 미래에 맹목적으로 내달려서는 곤란할 것입니다. 특히 하나의 가치만 중요하다는 일원론적 세계관이 지배하고 있는 당대 현실의 정당성에 대한 심각한 문제 제기일 경우 더욱 그렇습니다. 앞서 살폈듯이 성진이 팔선녀를 만나 충격으로 자기가 처한 현재의 삶에 회의를 품게 된 것은 일단 자연스러운 현상입니다. 하지만 성진은 회의하자마자 이내 그 도를 넘어서고 말았습니다. 곧 '우리 불교에서는 단지 한 그릇 밥과 한 병의 물과 몇 권의 불경과 백팔 염주뿐이로구나. 그 도가 비록 높고 깊지만 적막하기가 너무 심하다.'고 하며, 회의가 자기 처지에 대한 극도의 비하로 곧장 내달리고 말았던 것입니다.

> 남자가 세상에 태어나 어려서는 공자와 맹자의 글을 읽고 자라서는 요순 같은 임금을 만나 싸움터에 나가면 대장군이 되고 조정에 들어서면 관리의 우두머리가 되어 비단 도포를 입고 임금에게 충성하고 백성을 이롭게 하며, 눈으로는 고운 빛을 보고 귀로는 오묘한 소리를 들어 당대에 영화를 누릴 뿐 아니라, 죽은 후에도 이름을 남기는 것이 대장부의 일인데, 슬프다!

승려가 대장부를 꿈꾸는, 이 걷잡을 수 없는 혼란. 이렇듯 자기 처지를 급격하게 비하함으로써 지금과는 전혀 다른 새로운 세계에 대한 막연한 그리움으로 곧장 치닫게 되면, 그 회의는 맹목적 충동이 되어 전면적 자기 부정으로 나아가게 됩니다. 그러므로 '현존의 부정'과 '새로운 추구'는 서로 화해할 수 없는 대립항이 되어 극단으로 치닫게 되고, 회의의 주체는 양극단의 한쪽을 허겁지겁 선택해야 하는 지경에 처하게 됩니다. 이러고서는 전망의 획득은커녕 최소한의 균형 잡힌 인식조차도 불가능하게 될 것입니다. 불교의 길이든 유교의 길이든 둘 가운데 어느 하나만을 배타적으로 선택하는 것이 과연 옳은 일인가, 또 그것이 현실에서 가능한 일인가, 그것은 거짓 선택이지 않을까 하는 성찰이 필요합니다.

● 삶을 진진하게 누린 사대부의 돌연한 허무

성진이 양소유로 환생했다는 설정은, 성진의 자기 처지에 대한 부정이 전면적으로 이루어지고 세속적 삶에 대한 희망이 이루어질 계기가 구체적으로 마련되었음을 의미합니다. 이어 그가 바라던 세속적인 욕망은 차례대로 실현됩니다. 안으로는 팔선녀의 환생인 여덟 여인을 두 명의 부인과 여섯 명의 첩으로 삼아 남녀의 정욕을 충분히 경험하고, 밖으로는 출장입상(出將入相)으로 대표되는 대장부로서의 삶이 완벽하게 성취되는 것입니다. 즉 일개 서생으로 태어난 양소유는 이전에는 없던 완전한 복과 만인이 부러워할 부귀를 진진하게 누리게 되는 것입니다.

　그런데 그 욕망 성취의 과정이 추상적인 언술로 제시되는 것이 아니라 구체적인 사건들을 통해 생생하면서도 풍부하게 드러나고 있어, 이 부분을 《구운몽》의 핵심이라 해도 좋을 정도입니다. 성진의 깨달음 못지않게, 아니 오히려 그것보다도 더욱 중요할지도 모를 이 부분은 매우 많은 분량을 차지하고 있을 뿐더러 무엇보다도 성진이 보이는 관념적 회의에 비해 훨씬 구체적입니다. 또한 절절한 사연들이 박진감 있고 정감 어리게 그려지고 있어서 전반적으로 살아 움직이는 모습을 보여 주고 있습니다. 요약하자면, 성진의 깨달음이 일종의 철학적 각성에 가깝다면, 양소유의 욕망 성취는 소설적 충격을 던져 준다고 하겠습니다.

한편 이 부분에서 우리가 주목해야 하는 것은, 그것이 《구운몽》이 지어진 17세기 사대부의 의식을 폭넓게 반영하고 있다는 점입니다. 그 핵심은 한마디로 17세기 이래 강화되기 시작한 '가문 의식'입니다. 사대부 계급은 사회 전반에서 봉건적인 여러 모순들이 하나씩 드러나기 시작하는 17세기 이후, 흔들리는 자신의 위상을 확고히 하려는 한 방편으로 가문의 내부적인 결속과 외부적인 확산을 꾀하려 했습니다. 그렇게 해야 흔들리던 자기 계급의 정체성을 확립하고 나아가 현실에서의 기득권을 강화할 수 있었기 때문입니다. 이것은 17세기 이후 사대부 계급의 일방적인 지배 체계가 흔들리기 시작했음을 말해 주는 것입니다. 사대부는 지배 질서의 전면적인 동요를 가문 내적 질서의 확립과 대외적 가문 연합을 통해 대응하려고 했던 것입니다. 가문 조직의 재정비를 위한 족보의 간행 등이 가문 내적인 움직임이라면, 이른바 당파 싸움 등 여러 정치적인 혼란 사태에서 자기 가문과 이해를 같이하는 세력들의 연대와 결합은 그 가문 외적인 동향이었습니다. 한마디로 가문 의식의 강화는 자기 계급의 위기에 직면해서 무너지기 시작하는 봉건 질서를 다시 세워 보려는 상층 사대부의 노력이었던 셈입니다.

양소유가 여덟 여인을 차례로 얻고 그들과 처나 첩의 관계를 맺어 나가는 과정을 통해서 신분 등 수직적 상하의 관계가 명확히 확립, 강조되거나 가문 간의 연합이 강렬하게 꾀해지고 있는데, 그의 입신양명이 그것을 가능케 하는 중심축이자 근거가 되고 있음은 물론입니다. 이렇듯 양소유가 차례로 겪어 나가는 세속적 욕망의 진정한 실현은 바로 당대 사대부 계급이 지닌 염원을 소설적으로 절실하게 담아낸 것이라 할 수 있습니다. 즉 당시 당파적 대결에서 정치적으로 거의 패배한 서인(西人) 출신인 작가 김만중은, 그러한 좌절과 함께 가문의 와해라고 하는 처절한 상황을 동시에 경험하게 됩니다. 그러므로 그가 《구운몽》을 통해 자기의 염원, 곧 당파 싸움에서의 재기와 가문 내적 질서의 재확립 등 가문 창달의 소원을 강력하게 투사한 것은 매우 자연스럽습니다. 양소유가 몰락한 집안의 아들로 태어나 가문을 다시 일으켜 세운다는 구성과 김만중의 처지나 염원은 곧바로 연결될 수 있는 것입니다. 여하튼 양소유는 자신이 바라던 모든 것을 남김없이 성취하고 누릴 수 있게 되었습니다. 그런데 거기서 또 다른 문제가 제기되고 있습니다. 양소유가 자신이 소원한 바를 다 이루고 그것을 만끽한 후에 갑자기 인생무상을 느껴 다시 불교의 삶을 찾아 나서는 것입니다.

> 나는 회남 땅 초라한 선비로서 성스러운 천자의 은혜를 입어 벼슬이 장수요 재상에 이르렀고, 또 여러 낭자와 서로 따르는 은정은 백 년이 하루같이 똑같았으니, 만약 전생의 인연이 아니면 어찌 이렇게까지 될 수 있었겠소? 사람살이는 인연으로 만났다가 인연이 다하면 각각 제 갈 데로 돌아가는 것이 영원한 이치라오. 우리들 백 년 뒤에 높은 대는 이미 무너지고, 굽은 연못은 이미 메워지며, 노래하고 춤추던 곳은 마른 풀에다 황폐한 안개 서린 곳으로 변해 나무꾼이며 소 치는 아이들이 오르내리면서, '이곳이 양 승상이 여러 낭자와 노닐던 곳이다. 승상의 부귀와 풍류며 여러 낭자의 옥 같은 모습과 꽃 같은 태깔은 지금 어디에 있는가.' 하고 한탄한다면 인생이 어찌 덧없지 않겠소.

그런데 이렇듯 양소유가 삶의 허무를 깨닫는 것은, 작품 처음에서 성진이 보인 회의와 비교해 보면 그 절실함도 덜하고 필연성도 약합니다. 그것은 어느 날 느닷없이 찾아온 감상적 상실감에 불과한 것이기 때문입니다. 그 깨달음은 오랜 고통의 시간을 거친 심각한 회의나 번민의 결과가 아닐 뿐더러, 깨닫는 순간의 양소유의 모습도 구도자의 형상이 아닙니다. 단지 어느 날 갑자기 허무를 느끼고 하루아침의 이별을 감행하는 것입니다. 그것은 세속의 부귀영화를 한껏 만끽한 상층 사대부의 위장일 가능성이 짙지만, 한편으로는 충족된 삶을 다 누린 후 그래도 미진한 부분을 또 다른 곳에서 채워 넣고자 하는 욕망의 끝없는 몸부림과 비슷하다고 하겠습니다.

십여 년 공부해 온 불교적 삶을 일거에 부정한 후, 그 대가로 전혀 다른 세속을 추구하는 성진의 회의가 문제였다면, 세속적 즐거움을 충분히 누린 다음 급작스럽게 다가온 무상감을 이렇게 불교에의 귀의로 해결하고자 하는 양소유의 욕구는 더욱더 문제입니다. 사실 양소유가 무상감을 느끼고 그 이후 불교를 동경하는 것은 '세속적 욕망의 실현'과 '불교의 초월적 비약'을 서로 단절이 아니라 연속선상에서 동시에 누릴 수 있다는 상층의 낙관적 세계 인식과 연관되어 있는 측면이 없지도 않습니다. 그러나 작가의 의도가 어떻든 작품의 실상에서 초월적 비약이 세속적 욕망을 부정하는 선에서 이루어지고 있는데, 이렇게 보면 그것은 기본적으로 관념의 산물에 불과한 것입니다. 앞부분 양소유의 구체적인 활약상과 비교해 볼 때, 여기서의 깨달음이 절실한 것으로 다가오지 않는 것은 바로 이러한 관념성 때문인 것입니다.

◎ 어느 것이 꿈이고 어느 것이 꿈이 아니냐

> 한참 만에 깨달아 보니, 자기는 연화도량의 성진이었다. 기억을 더듬어 보니 처음에 스승의 꾸지람을 듣고 풍도로 잡혀갔다가 인간 세상에 환생해 양씨 집 아들로 태어나고, 일찍이 장원 급제하여 한림학사의 관직에 올랐으며, 나가면 삼군의 장수요 들어오면 백관을 총괄했다. 그러고는 상소하여 물러나기를 청하여 모든 일을 떠나 한가롭게 지내면서 두 부인, 여섯 낭자와 함께 노래하고 춤추는 것을 보고 거문고 타는 것을 들으면서 단란하게 술을 즐겼다. 하지만 새벽부터 저물 때까지 놀던 것이 모두 한바탕 봄꿈 속의 일일 뿐이었다.

이러한 과정을 거쳐 성진으로 되돌아온 양소유가 이와 같이 생각하는 것은 그러므로 당연하다 하겠습니다. 그래서 육관 대사가 성진에게, '인간 세상의 재미가 과연 어떻더냐?' 하고 물었을 때, 그가 '하룻밤의 꿈'이었다고 대답합니다. 결국 성진이 깨달은 것은 모든 것이 일장춘몽이라는 것입니다.

그런데 문제는 그것이 진정한 깨달음이 아니라는 것입니다. 그것이 진정한 깨달음이 아님은 육관 대사의 다음 설법에 의해 통렬하게 비판됩니다.

네가 흥을 타고 갔다가 네 흥이 다해서 돌아왔는데, 내가 무슨 관여를 했다는 말이냐? 또 네가, '제자가 인간 세상의 윤회하는 일을 꿈으로 꾸었다.'고 하는데, 이것은 네가 아직도 꿈과 인간 세상을 나누어서 둘로 보는 것이다. 그러니 너는 아직 꿈을 깨지 못했다.

육관 대사는 이 설법을 통해 속세의 삶에 대한 성진의 부정을 다시 부정하고 있습니다. 어느 한쪽의 삶을 송두리째 청산하고 부정하면서 다른 쪽의 삶을 긍정하여 그것에 대한 동경으로 곧바로 내닫는 것은, 그것이 아무리 절실하다 해도 진정한 깨달음이라 할 수 없다는 것입니다. 한마디로 두 세계의 삶을 대립적인 것으로 인식해서 한쪽을 배타적으로 선택하는 태도는 어떤 경우에도 올바르지 않다는 것입니다. 어느 것이 꿈이고 어느 것이 꿈이 아닌지도 모르면서 말이죠.

그런데 성진의 미몽을 일거에 깨닫게 한 육관 대사의 설법, 곧 '어떤 두 삶(의 방식)은 서로 별개의 것으로 나뉠 수 있는 것이 아니며, 또 나눌 수도 없으니 어느 하나를 애써 추구하는 것 자체가 애당초 헛된 집착일 뿐'이라는 설법은 김만중의 《서포만필》에서 다음과 같이 설명되기도 합니다.

인심(人心)과 도심(道心)이 어찌 별개의 것이겠는가. 이를 임금에 비유한다면 도심은 임금이 조정 회의를 보거나 강론을 하고 있을 때와 같고, 인심은 잔치를 벌이거나 한가롭게 놀 때와 같다. 그것은 사실은 한 사람의 몸인 것이다. …… 사람의 한몸 안에 마치 두 마음이 있는 것과 같은 것이다.

'인심과 도심이 분리될 수 있는 별개의 것이 아니고, 마음이 어떤 한쪽의 방향성을 가지는가에 따라 다르게 나타나는 현상일 뿐'이라는 《서포만필》의 이런 주장은 육관 대사의 설법 논리와 매우 유사합니다. 그러므로 육관 대사의 마지막 설법, 그리고 성진의 큰 깨달음의 내용은 작가 김만중의 의식의 투영이라 할 만한데, 이것이 바로 《구운몽》이 길고 긴 터널을 지나 마침내 드러내고자 한 요체입니다.

요약해서 말하면, 현상의 어디까지가 실체이고 어디까지가 허상인지도 모르면서, 그것을 애써 나누려 하고 또 섣불리 어느 하나의 정당성을 주장하는 것은 문제이며, 그러므로 그러한 아집과 집착을 버려야만 진정한 깨달음과 참다운 삶이 마련될 수 있다는 것입니다.

● 《구운몽》의 소설사적 의의

우리나라 고전 소설사 가운데 중요한 작품의 하나로 《구운몽》을 꼽기에 주저하지 않는 것은, 《구운몽》이 이렇듯 인식의 자세와 삶의 태도를 어떻게 정립해야 하는가 하는 철학적인 물음을 진지하게 제기했다는 점 때문일 것입니다. 일상적인 삶에 중요한 변화가 일어나자 그것을 깊은 철학적 안목으로 진지하게 따져 보려 한 《구운몽》은, 말하자면 일종의 '방법적 회의'를 거친 소설적 결과물이었던 것입니다. 그러므로 봉건적 질서가 해체되기 시작하는 17세기에 《구운몽》이 이러한 문제를 제기하고 탐구했다는 사실은 우리 고전 소설사에서 매우 획기적인 사건이었다고 할 수 있습니다. 소설이 변화하는 상황 속에서 삶의 문제를 근본적으로 재반성하게 하는 예술 양식으로 부상하는 데 《구운몽》의 그러한 접근이 하나의 든든한 토대가 되었던 것입니다.

물론 《구운몽》의 소설사적 의의가 그러한 측면에만 있는 것은 아닙니다. 이야기를 짜 나가는 솜씨와 재미는 물론이고, 그것을 전개해 나가는 데 필요한 소설적 장치들 또한 세심하게 고안된 것입니다. 인물의 형상, 인물과 인물의 관련, 인물과 상황의 연관 그리고 주제 의식 등이 또한 무리 없이 펼쳐지고 있는데, 이러한 양상들은 이후 소설들에 하나의 모범으로 거듭해서 활용되었습니다. 이런 의미에서 《구운몽》은 조선 후기 소설사의 거대한 저수지였다고 할 만합니다.

함께 읽기

성진의 길과 양소유의 삶

● 다음은 양소유가 진채봉을 만나 주고받은 〈양류사〉입니다. 이 시가 《구운몽》에서
어떠한 역할을 하는지 함께 이야기해 봅시다.

　　버드나무 어찌 저리 푸르고 푸른가
　　긴 버들가지 아롱진 기둥에 스치니
　　그대여 부디 함부로 꺾지 마시오
　　그 나무 참으로 다정한 나무라오.
　　– 양소유

　　누각 앞에 버드나무 심어
　　낭군의 말고삐 매어 머물게 하려 했는데
　　어찌 꺾어서 채찍을 만들어
　　먼 길 바삐 가려 하나요.
　　– 진채봉

● 성진이 돌다리에서 만난 팔선녀는, 양소유의 두 처와 여섯 첩이 됩니다. 한 남자가
이렇듯 많은 여자를 거느리고 사는 삶과, 그 여덟 명의 여인이 한 집안에서 단 한
번의 갈등도 없이 조화롭게 지낸다는 설정이 의미하는 바가 무엇인지에 대해 토론
해 봅시다.

● 양소유로 태어나기 이전의 성진을 A라 하고 양소유의 삶을 거친 이후의 성진을 B라고 한 다음, A와 B 사이의 공통점과 차이점에 대해 생각해 보고 그것을 간단한 도식으로 만들어 봅시다.

● 《구운몽》과 유사한 구조를 지닌 작품으로 《삼국유사》에 들어 있는 〈조신전〉을 들 수 있습니다. 〈조신전〉을 찾아 읽어 보고, 두 작품의 공통점과 차이점에 대해 이야기해 봅시다.

● 다음은 서포 김만중이 《서포만필》에서 한 말입니다. 이것이 《구운몽》의 주제를 이해하는 데 어떤 도움을 줄 수 있는지 토의해 봅시다.

인심(人心)과 도심(道心)이 어찌 별개의 것이겠는가. 이를 임금에 비유한다면 도심은 임금이 조정 회의를 보거나 강론을 하고 있을 때와 같고, 인심은 잔치를 벌이거나 한가롭게 놀 때와 같다. 그것은 사실은 한 사람의 몸인 것이다. …… 사람의 한몸 안에 마치 두 마음이 있는 것과 같은 것이다.

참고 문헌

김병국, 《서포 김만중의 생애와 문학》, 서울대학교출판부, 2001

정규복, 《구운몽 원전의 연구》, 일지사, 1981

정규복·진경환 역주, 〈구운몽〉, 《한국고전문학전집 27》, 고려대학교 민족문화연구소, 1996

정길수, 《구운몽 다시 읽기》, 돌베개, 2010

정병설, 《구운몽도》, 문학동네, 2010

진경환 외, 《고전문학 이야기주머니》, 녹두, 1994

국어시간에 고전읽기 19

구운몽, 누가 꿈이며 누가 꿈이 아니냐

1판 1쇄 발행일 2015년 10월 5일
1판 10쇄 발행일 2022년 11월 21일

기획 전국국어교사모임
글 진경환
그림 이수진

발행인 김학원
발행처 (주)휴머니스트출판그룹
출판등록 제313-2007-000007호(2007년 1월 5일)
주소 (03991) 서울시 마포구 동교로23길 76(연남동)
전화 02-335-4422 **팩스** 02-334-3427
저자·독자 서비스 humanist@humanistbooks.com
홈페이지 www.humanistbooks.com
유튜브 youtube.com/user/humanistma **포스트** post.naver.com/hmcv
페이스북 facebook.com/hmcv2001 **인스타그램** @humanist_insta

편집책임 문성환 **편집** 윤무재 **디자인** 김태형 박인규 림어소시에이션
용지 화인페이퍼 **인쇄** 청아디앤피 **제본** 민성사

ⓒ 진경환·이수진, 2015

ISBN 978-89-5862-958-0 44810